VIRAL

Éditions Kiwi romans
5, rue de Charonne, 75011 Paris

Direction : Édouard Frison-Roche
Direction éditoriale : Katia Kaloun
Édition : Alix Putavy et Lucie Bernamont
Direction artistique et mise en pages : Charlotte Thomas

ISBN : 978-2-492534-13-3

Virgile Durand

VIRAL

kiwi
romans

Ce roman a été écrit en 2009, plusieurs mois avant l'arrivée
de la grippe aviaire, et des années avant le début
de la pandémie de coronavirus.

À Aurélie, patiente et tenace
dans notre vie d’artiste.

À Louve, Cheyenne et Prince,
qui savent faire avec mes imperfections
et celles de l’humanité.

« Il faut que quelque chose arrive,
voilà l'explication de la plupart
des engagements humains.
Il faut que quelque chose arrive,
même la servitude sans amour,
même la guerre ou la mort. »

Albert Camus, *La Chute*, 1956

« (…) Le ministre a demandé à la population de ne pas céder à la panique et il a assuré que la situation est sous le contrôle des autorités. Il a expliqué que, dans la zone du foyer viral, sur un rayon de trois kilomètres autour [du village] de Ceamurlia de Jos, a été instaurée une quarantaine totale et que, dans cette zone, tous les oiseaux seront tués. “Cette action doit se dérouler dans le délai le plus court possible”, a insisté le ministre. Quinze équipes de médecins vétérinaires et de gendarmes ont pour mission d’éliminer tous les oiseaux dans la zone contaminée. »

Roumanie, octobre 2005

Prologue

Printemps

« Que tout aille pour le mieux dans le meilleur des mondes possible. » Voilà qui avait de quoi étonner Jeanne. Qu'elle eut lu cette phrase dans *Le Best of de la littérature pour les nuls* ou encore sur un flyer de meeting politique aurait été dans l'ordre des choses. Mais se l'entendre dire ici, à Singapour, par un employé de l'hôtel lui apportant un verre d'eau subtilement citronnée, et en français dans le texte, sonnait comme ces terribles prédictions cataclysmiques que des illuminés vous balancent à la figure à New York, au coin de la 5e avenue, et qui rapportent quelques sous à ces prophètes modernes…

– *Smile, please!*

Jeanne continuerait son analyse plus tard. L'assistante du photographe la rappelait sur Terre. Son boulot, aujourd'hui : sourire.

– *Smile more, please!*

Le photographe portait des lunettes de soleil. À tout juste vingt-cinq ans, il travaillait avec désinvolture, tendant la main toutes les cinq minutes pour changer d'appareil, sans même vérifier les réglages, et ne regardait personne, pas même Jeanne. Il conduisait sa séance comme un surdoué survole une leçon de lecture en CP. Depuis six mois, la jeune star signait les meilleurs clichés de mode asiatiques. Un hebdomadaire français voulait se l'offrir pour faire son image de couverture. Le photographe avait accepté à condition de choisir lui-même son modèle : Jeanne était l'heureuse élue.

– *No smile now, please!*

Jeanne fit la gueule avec la simplicité que l'on a à dire bonjour à son boulanger. Depuis trois ans qu'elle posait, la moue hautaine lui était devenue naturelle. *Tout ça n'est qu'une mode*, pensait-elle, et elle s'imaginait, à d'autres époques, montrer poitrine et dents blanches sur la Croisette, ou haillons et visage sale dans l'Arizona en pleine crise de 1929. Pour le moment, c'était une tunique noire transparente Yamamoto portée sans manière, avec pour toile de fond la rivière Singapour, les gratte-ciel, les anciennes maisons de commerce rénovées en restaurants et une foule de touristes. On s'amassait le long des barrières mises en place derrière le photographe pour prendre, au numérique ou sur un portable, le souvenir du mannequin qui posait ce jour-là.

– *Break! Five minutes! Make-up, please!*

En un instant, les projecteurs furent éteints, les réflecteurs posés à terre, et deux sièges façon plateau de cinéma furent avancés. Il était entendu que seuls le photographe et le modèle pouvaient s'asseoir. Un assistant leur tendit leur téléphone. Deux jeunes femmes s'approchèrent de Jeanne avant qu'elle n'atteigne sa chaise. L'une, devant, retoucha son maquillage tandis que l'autre, tournant autour d'elle, dompta ses cheveux pris au vent, comme on dresserait un tigre dans la savane. Le photographe colla son portable à l'oreille, s'assit et tendit la main. On lui apporta une cigarette allumée. Il crapota comme un gamin. Jeanne le fixa en se demandant si ses collègues le prenaient au sérieux. Sans sourire, il tapota le fauteuil à côté de lui en la regardant pour la première fois de la journée. En signe de protestation de pure forme, elle attendit vingt secondes avant de s'asseoir à son tour, puis elle l'interrogea en français pour savoir s'il était content de la session. Fière de son exception culturelle, elle s'attendait à ce qu'on lui demande de parler anglais. Il n'en fut rien. Le jeune homme lui répondit, avec un accent, mais dans une syntaxe et une grammaire d'une précision surprenante, que tout se passait comme il l'avait imaginé, avant de lui dire qu'ils se connaissaient déjà. Il lui rappela les études d'art qu'elle avait entamées quatre ans plus tôt, et la délégation d'élèves japonais qu'elle croisait parfois dans les couloirs de la Sorbonne.

– Ils étaient étudiants à Paris en même temps que moi, dit-il en désignant les assistants et les techniciens affairés autour d'eux.

Jeanne dévisagea un à un les jeunes femmes et les jeunes hommes qui l'entouraient, et qui ne semblaient pas prêter attention à la discussion. Elle ne les reconnaissait pas. Le jeune photographe expliqua qu'ils avaient conclu un pacte en arrivant en France : si l'un réussissait, les autres participeraient à son succès. Tous avaient les deux mêmes diplômes : histoire de l'art en France, et technique photographique au Japon.

– Je ne connais aucun autre exemple d'arrangement comme le vôtre, s'étonna Jeanne.

Elle considéra l'équipe qui se démenait, silencieuse et obéissante, avant d'ajouter :

– Vous avez de la chance d'être celui que le succès a choisi. Vous auriez pu devenir ce jeune homme préposé aux cigarettes, par exemple.

– Moi ? Vous rigolez ! Votre remarque est typiquement française, malgré vos origines asiatiques. Il ne s'agit pas de chance, seulement du… comment dites-vous… destin, c'est cela ? Mon destin m'attendait.

Il marqua une légère pause et reprit, en désignant l'équipe :

– Et même si j'étais l'un d'entre eux, cela me serait complètement égal.

La cigarette s'était consumée. Un assistant la prit avec précaution, se penchant respectueusement vers le photographe, avant de la jeter nonchalamment dans l'eau. Jeanne était encore plus étonnée par ce geste-là que par la discussion.

Une fois la séance terminée, elle négocia l'autorisation de conserver sa tenue. Le représentant de la marque, stupéfait de l'audace de la jeune fille, n'osa pas refuser. Jeanne remercia sans s'épancher, comme l'aurait fait une petite fille, passa un jean sous la tunique et refusa le taxi qu'on lui proposa pour la ramener à l'hôtel. Attrapant son sac, elle fila jusqu'au premier pub qui se présentait et fonça droit vers le fond de l'établissement. Il était 18 heures et quelques cadres étaient déjà là, à boire une bière en décortiquant des cacahuètes grillées. Elle jeta, l'air de rien, un coup d'œil aux clients. Son haut Yamamoto et ce qu'il ne cachait pas firent leur effet. Une douce torpeur envahit la salle et se dissipa quand elle ferma derrière elle la porte des toilettes. Là, elle troqua le créateur japonais contre un basique prêt-à-porter avant de passer ses cheveux et son visage sous le robinet. Le miroir semblait lui confirmer que le naturel lui allait tout aussi bien. Néanmoins, quand elle reprit son sac et parcourut la salle en sens inverse, les regards avaient changé de cible et avisaient trois jeunes filles en uniforme d'école privée. Elle sortit en soupirant, tandis qu'une pluie tropicale commençait à tomber sur la ville. L'eau tiède lui plaisait. Elle contourna les gratte-ciel et s'enfonça dans les avenues commerciales. Le temps qu'elle parcoure les deux kilomètres et quelques qui la séparaient de l'hôtel *Four Seasons*, l'averse aurait le temps de s'arrêter, la nuit de tomber complètement et ses vêtements de sécher directement sur elle.

Jeanne était arrivée la veille dans l'après-midi et son vol de retour était à 23 heures. Elle pourrait monter au dernier étage pour prendre un cocktail et son dîner autour de la piscine avant d'aller à l'aéroport. Elle n'avait rien prévu les jours suivants. Elle s'ennuierait certainement. Peut-être qu'elle rouvrirait ses livres d'histoire de l'art, fantasmant devant des tableaux qu'elle aurait voulu peindre, ou qu'elle irait voir dans quelques galeries des photos prises par d'autres.

Orchard Road, la longue avenue reliant l'ouest au sud-est de la ville de Singapour, montait légèrement. Jeanne commençait à sentir la sueur perler sur sa peau. Elle zigzaguait, passant le long des terrasses de restaurants où des ventilateurs diffusaient une vapeur d'eau froide, s'amusant des frissons qui lui venaient par vagues et disparaissaient aussitôt la fraîcheur passée. Elle s'arrêta brusquement. Un cordon de police barrait le trottoir, et les forces de l'ordre, en chemisette, visages couverts par des masques turquoise, exigeaient des piétons qu'ils traversent la rue. Jeanne fit mine de ne pas comprendre l'injonction. Son hôtel se tenait là, derrière cette barrière nouvellement érigée, dressant présomptueusement ses vingt étages au-dessus d'un lobby au luxe tapageur. Une lumière blanche et abondante s'en échappait, débordant sur les palmiers de l'entrée. Un policier, suivant le regard de Jeanne, lui demanda si elle résidait dans cet hôtel. Avec une évidence qui la déconcerta elle-même, elle répondit négativement et déclara qu'elle faisait du shopping, comme tout le monde, puis elle traversa.

Lorgnant le bâtiment, elle aurait bien voulu croire à la présence d'un chef d'État ou à toute bizarrerie similaire pour justifier le périmètre de sécurité, mais les masques semblaient être un déguisement superflu pour une cérémonie officielle.

Jeanne sentait déjà la gamine turbulente en elle préparer un mauvais coup. Elle contourna le bloc jusqu'à un chantier caché de l'autre côté du *Four Seasons*, et dont les atours boueux étaient bien moins avenants que la fastueuse devanture de l'hôtel. La police n'avait pas jugé nécessaire de prolonger le cordon de sécurité jusque-là. Jeanne s'approcha de la palissade en bambous et balaya l'intérieur du regard : calme, terre retournée et matériaux de construction. Elle aboya trois fois, juste pour voir. On ne lui répondit pas. Elle balança son sac par-dessus la clôture avant de prendre le temps de réfléchir. L'excitation enflammait son visage. Elle pensa qu'elle devait rougir toute seule, dans l'obscurité. Elle se mit sur la pointe des pieds, attrapa le haut des bambous, donna une impulsion et se hissa aussi haut qu'elle le put. La tâche était ardue. Elle monta finalement une jambe, réussit à faire passer un pied, puis un genou, et enfin les hanches, pour se laisser tomber de l'autre côté, en plein dans une flaque, près de son sac. Elle éclata de rire avant de se taire brusquement. Pas un bruit. Elle traversa le chantier dans la terre mouillée. Au bout, des sacs de sable empilés au pied d'un mur lui permirent de grimper à bonne hauteur pour observer l'hôtel. Des fenêtres étaient éclairées à partir du cinquième étage. La deuxième piscine, sur la mezzanine du quatrième, était allumée, mais donnait l'impression d'être déserte. En bas, devant une porte de service, trois employés discutaient. On les appela de l'intérieur. Ils rentrèrent, laissant la porte ouverte. Jeanne regarda en bas. Il devait bien y avoir trois mètres de hauteur entre l'endroit où elle se tenait et le sol. Elle balança de nouveau son sac, mais cette fois, elle hésita. Pourquoi faisait-elle une chose pareille ? Si elle avait simplement montré au policier la clé sa chambre, il l'aurait certainement laissée passer. Dans l'état où elle était maintenant, connaissant l'amour de l'ordre qui régnait à Singapour, il y avait fort à parier que l'on se méfierait d'elle, si elle décidait de faire demi-tour.

Un arbre du voyageur dressait ses plus hautes feuilles à portée de main. Elle s'y agrippa et se laissa basculer de l'autre côté du mur d'enceinte. Les branches cédèrent doucement. Elle se retrouva par terre, récupéra son sac, regarda à gauche, à droite, et courut vers la porte ouverte. Elle arriva dans un vestiaire du personnel, d'où elle appela un ascenseur de service. Le battant s'ouvrit et elle s'engouffra dans la cabine, excitée comme un gamin volant son premier bonbon. Elle appuya sur le bouton du douzième. La montée lui parut d'une lenteur insupportable. Enfin, la porte s'ouvrit à son étage. Rien ne bougeait. Il n'y avait qu'aspirateurs, serpillières et produits d'entretien. L'ascenseur desservait un énorme placard à balais. Elle en sortit discrètement et courut jusqu'à la porte de sa chambre, qu'elle eut du mal à ouvrir. Parvenue à l'intérieur, elle souffla bruyamment.

Elle enlevait ses vêtements sales quand elle vit un voyant du téléphone clignoter. Il y avait un message à son attention. Une voix préenregistrée disait en anglais qu'une alerte était en cours, et qu'elle devait de toute urgence se présenter à l'accueil. Jeanne alla à la fenêtre. Les policiers étaient toujours en bas. Elle prit une douche, mit pour tout maquillage un trait de noir sous ses yeux, pour tout vêtement une robe légère et blanche, et descendit, splendide, comme un cambrioleur de haute volée.

Jeanne traversa le lobby en regardant l'horloge ; il était déjà 20 heures. Si elle voulait se baigner avant de reprendre l'avion, il ne fallait pas traîner. À moins qu'elle ne change son vol retour pour rester quelques jours de plus ici, ou pour aller se promener dans la Malaisie toute proche ? Faire le mur lui avait insufflé des envies de liberté. Elle sonna à l'accueil et attendit, s'étonnant que, dans un hôtel pareil, les employés désertent leur poste. Elle se retourna vers le bureau du concierge. Lui aussi était absent. L'affichette « *Service available 24 hours a day, 7 days a week* » mentait sans scrupules.

– Mademoiselle Apollinaire, nous vous cherchions !

Jeanne sursauta. Le directeur de l'hôtel affichait un badge doré et un costume à l'européenne. Sous son masque sanitaire, il ne lui laissa pas le temps de parler.

– Nous sommes vraiment désolés de ne pas vous avoir avertie plus tôt. Je suis passé dans votre chambre il y a une heure, vous n'y étiez pas. Je vais devoir vous inviter à rester une semaine de plus au *Four Seasons*, en espérant que je ne perturbe pas trop votre agenda.

– Mais perturbez, Monsieur, perturbez, dit Jeanne sans trop savoir où il voulait en venir.

L'homme, visiblement embarrassé, ne releva pas et poursuivit son explication. Jeanne apprit qu'un cas suspect de grippe s'était déclaré la veille dans l'hôtel, que ce nouveau virus suscitait un intérêt particulier chez les autorités, ainsi qu'une certaine inquiétude, il fallait l'avouer, et qu'il avait été demandé à l'établissement de faciliter la surveillance des hôtes afin de prévenir tout risque de contagion. Le directeur précisa que Jeanne se verrait offrir un thermomètre, qu'elle devrait noter et rendre compte de sa température corporelle trois fois par jour, à 8 heures, 14 heures et 20 heures, qu'une équipe médicale s'était installée au *Four Seasons* pour aider et répondre à ses éventuelles questions, et qu'elle serait libérée de toute contrainte dans une semaine selon les exigences du ministère de la Santé. L'homme s'arrêta enfin de parler et la contempla de haut en bas sans la moindre retenue. Puis, il s'excusa rapidement d'avoir à lui demander si elle ne présentait pas de symptômes – fièvre, douleurs ou difficultés respiratoires –, bien qu'elle paraisse en parfaite santé. Elle répondit par un sourire.

Jeanne devait prendre son dîner dans sa chambre, les restaurants de l'hôtel étant fermés pour éviter tout regroupement. Lorsqu'elle ouvrit la porte au serveur, celui-ci recula d'un demi-pas, montrant son masque et lui faisant comprendre par signe qu'elle devait mettre le sien. Jeanne, avec sa réticence naturelle à exécuter les ordres, attrapa le chariot, remercia l'employé et ferma la porte.

Elle mangeait devant la télévision. Le présentateur du journal local se tenait devant l'hôtel et expliquait que trois cents personnes ainsi que cinquante employés y étaient actuellement maintenus en quarantaine, et qu'il était interdit d'y pénétrer : on ne pouvait qu'imaginer l'ambiance exceptionnelle qui devait régner à l'intérieur. Jeanne alla à la fenêtre, un morceau de courgette en tempura à la main. Quarante mètres plus bas, le cordon de police était agrémenté de trois îlots de lumière avec caméras et journalistes, entourés de badauds grouillant comme autant de papillons affolés. Jeanne engloutit la friture, fit descendre les bretelles de sa robe et la laissa tomber pour enfiler son maillot de bain. Masque sur le visage, peignoir de l'hôtel sur le dos, elle prit le couloir jusqu'à l'ascenseur et monta au dernier étage. La porte s'ouvrait sur le toit-terrasse. Le bar était fermé et la piscine éteinte. Il faisait prodigieusement sombre. Elle posa son masque et son peignoir sur un transat, enleva son maillot et se glissa dans l'eau. Les palmiers en pot entourant le bassin bruissaient dans la brise légère. Jeanne faisait la planche. Jamais les étoiles n'avaient été aussi brillantes au-dessus du *Four Seasons*.

Le lendemain matin, elle fut réveillée par un appel téléphonique. La voix préenregistrée de la veille lui demanda d'allumer sa télévision pour regarder la chaîne CCTV de l'hôtel à 8 heures. Il n'était que 7 heures. À 7 h 30, on frappa à sa porte pour lui servir d'office un petit-déjeuner. À 8 heures, elle finit la carafe de jus de pamplemousse en attendant le programme. Le directeur de l'hôtel apparut, en direct du lobby. Il rappela qu'il était temps de prendre sa température – Jeanne s'exécuta de mauvaise grâce – avant d'en arriver à l'information principale : trois personnes, une famille, étaient soupçonnées d'avoir attrapé le virus. Elles allaient être transférées. Le cameraman se tourna vers la porte pour montrer un couple et un enfant qui patientaient, entourés de quatre valises et de trois infirmiers. Ils seraient conduits dans un centre spécialisé réquisitionné pour l'occasion. Le directeur insista sur l'importance des relevés de température et conseilla de ne quitter la chambre qu'en cas d'extrême nécessité. Les programmes de télévision payants et le service Internet seraient offerts pendant toute la durée de la crise, et les frais d'hébergement, de restauration et le voyage de retour pris en charge par l'hôtel et le gouvernement singapourien. Jeanne regarda son thermomètre : 36,4 °C. Elle soupira. Ce n'était pas tout à fait comme cela qu'elle avait imaginé prolonger son séjour.

Le père de famille probablement malade se tenait face à la porte de l'hôtel et regardait dehors. Il finit par s'asseoir sur sa valise. Depuis qu'il était presque certain qu'ils avaient la grippe, le personnel ne se pressait plus pour leur proposer une chaise ou un rafraîchissement. Mais il n'était qu'à demi inquiet. Après tout, une grippe n'était pas la peste, et puis, on était au XXIe siècle – ce que cette prise en charge un peu spectaculaire confirmait –, époque des médicaments antiviraux et de l'assurance-maladie. Pour autant, même les infirmiers qui les entouraient gardaient quelques mètres de distance. Le fils jouait avec une pomme qu'il avait prise dans une corbeille posée sur le bureau du concierge. Il s'en était fait un ballon et tirait des penalties entre les valises. La mère, elle, passait un coup de fil pour expliquer la situation à son avocat. La famille, originaire de Hong Kong, ne savait pas quand elle serait autorisée à rentrer au pays. Un shoot violent de l'enfant surprit tout le monde. La pomme s'écrasa sur un battant de la porte au moment où elle s'ouvrait. Une équipe sanitaire, en costume intégral jaune et masques à cartouche, entra. L'un des cosmonautes essaya d'expliquer au père ce qui allait se passer, mais son déguisement rendait son propos inaudible. Les autres prirent les bagages et c'est finalement par gestes qu'ils s'entendirent.

Une vingtaine de mètres plus loin, le directeur, qui avait terminé son speech télévisuel, salua leur départ en levant la main. Ensuite, il demanda à son employé de lâcher la caméra pour aller nettoyer les restes de pomme. Celui-ci, à contrecœur, ramassa les morceaux du bout des gants, puis hésita en passant devant la corbeille de fruits. Il décida de la vider dans son sac-poubelle, qu'il ferma hermétiquement en ressentant un certain plaisir d'exterminateur, semblable à celui d'un dératiseur.

Le véhicule qui emmenait la famille était un bus de l'armée singapourienne. Le père, la mère et le fils occupaient la première rangée de sièges. Le chauffeur, en combinaison, était dans une cabine fermée. Quatre mètres plus loin, au centre, se tenait l'équipe en jaune et quelques hommes armés se partageaient la place des cancres au fond du car. Après une demi-heure de route bercée par les sirènes des motards, le garçon s'écria :

– Regarde, papa, on retourne s'amuser à Sentosa !

Le père lui répondit qu'à présent, on ne jouait plus.

Le garçon se souvenait d'être allé sur l'île récréative la semaine passée. La partie la plus excitante de la journée avait été le parcours en téléphérique entre l'île de Singapour et celle de Sentosa. L'enfant n'avait pas retenu grand-chose du reste de la journée, sinon que les plages étaient plus belles en Malaisie, les requins de l'aquarium plus dangereux en Australie, les descentes en luge plus drôles au Japon, et les déjeuners au restaurant avec ses parents aussi interminables que n'importe où ailleurs.

Cette fois-ci, ils gagnaient Sentosa par la route. Sur le pont, un double barrage laissa passer leur bus. Tous les touristes avaient été évacués. Ils furent emmenés dans un hôtel réquisitionné pour l'occasion, dans une chambre commune où tous les équipements médicaux, y compris des kits de réanimation, avaient déjà été installés. Le père se sentit en sécurité, la mère se rappela la salle d'accouchement où elle avait donné naissance à son fils et l'enfant regretta de ne pouvoir toucher à rien.

Après que les bagages furent vidés, ils eurent le droit de se promener à l'extérieur. Ils y allèrent en famille et flânèrent aux alentours de l'hôtel, au milieu des boutiques et des attractions closes. On les interpella d'en haut. Au-dessus de leurs têtes, dans une cabine du téléphérique, des journalistes les observaient. Spécialement accrédités, ils avaient obtenu l'autorisation de filmer le premier jour d'exil des malades.

Jeanne, enfermée dans sa chambre, regardait les images des trois fourmis levant le visage vers la caméra avec l'étrange sensation d'être devant les films futuristes *Blade Runner*. Le commentateur expliquait que les autorités sanitaires singapouriennes avaient opté pour ce système de mise à l'écart afin d'éviter tout risque de contamination pouvant conduire à une pandémie de grippe. La capacité de l'île de Sentosa à recevoir des malades s'élevait à plusieurs milliers de personnes.

– Mais, pour le cas qui nous intéresse, les modèles prédictifs estiment qu'il n'y aura pas plus de vingt à trente malades. Nous sommes donc face à un exercice grandeur nature, la répétition générale d'un scénario dramatique.

Couchée sur le lit, Jeanne éteignit la télé du bout du pied. Le téléphone sonna. Le correspondant d'un quotidien français s'intéressait à son expérience. Jeanne parla avec une certaine légèreté, démontant quelque peu la soif de catastrophe du pigiste. Cependant, sensible à l'intérêt que son interlocuteur semblait lui porter, elle donna le numéro de téléphone du jeune photographe japonais en suggérant d'ajouter à l'article une image de son dernier shooting : l'association mannequin-épidémie pourrait bien émouvoir. Elle répondit à une dernière question.

– Si je pense être malade bientôt ? Je veux bien m'y efforcer pour vous faire plaisir, mais je ne sais pas si j'y arriverai. Vous savez, ils font vraiment tout ici pour contrarier ce genre de projets. La photo dont je vous parle, en tout cas, sera réussie ; il faut arriver à être belle, et ça, je le peux. Et il faut faire ce que l'on peut. Ça, au moins, je le sais.

Elle raccrocha. Elle venait de glisser deux phrases d'*Antigone*. S'il s'en apercevait, le journaliste pourrait peut-être s'en servir.

Lorsque Jeanne rentra en France la semaine suivante, on ne s'intéressait déjà plus à Singapour. Il n'y avait eu au total que trente-cinq malades transférés du *Four Seasons* vers Sentosa, et tous étaient en voie de guérison. Le virus se répandait dans le monde avec calme, méthode, et une certaine douceur. Ce que les médias avaient pris pour le premier signe d'un assaut violent n'était que le préparatif tranquille d'un siège manquant gravement de spectaculaire. On pensait que cette nouvelle grippe n'avait pas fait long feu.

L'interview de Jeanne n'avait donc pas été publiée, mais elle faisait comme prévu la une d'un hebdomadaire de mode. *La mode*, se dit-elle en attrapant le magazine sur le présentoir du point-presse de l'aéroport parisien, *voilà une valeur pérenne*. Elle le posa sur le comptoir, photo ostensiblement en vue, en tâchant de reproduire le même visage boudeur pour se faire remarquer par le caissier. Il prit l'argent sans noter les efforts de la jeune femme.

Automne

1

Jeanne signa le contrat et s'attarda un peu dans l'appartement. On était en octobre, il y régnait une chaleur de radiateur mal réglé. Le soleil, passant à travers une verrière, dessinait sur le sol en tommettes un quadrillage parsemé d'étranges ombres ovales. Elle leva les yeux. Des pigeons étaient là, posés sur le verre, offrant une vue anatomique inhabituelle. Leurs déjections tachetaient la vitre. L'agent immobilier suivit le regard de la jeune femme et précisa :

– La verrière est nettoyée une fois par an. On monte par la fenêtre de toit dans l'entrée, les locataires doivent en laisser l'accès libre pour la copropriété.

Il éternua.

Jeanne rêvait en regardant les oiseaux. Elle fit le tour du salon, jeta un coup d'œil par la fenêtre et l'ouvrit. Le froid entra, ensoleillé, massif. Il n'y avait aucun rapport entre la fournaise exotique du deux-pièces et la température hivernale de l'extérieur. Au loin, on pouvait voir le sommet de la tour Eiffel ; l'annonce n'avait pas menti. Mais, à choisir, la vue vers le bas était plus séduisante : du sixième étage, on pouvait suivre la rue de Seine qui croisait le boulevard Saint-Germain, et les terrasses des restaurants qui mangeaient les trottoirs. L'agent immobilier éternua à nouveau.

– Excusez-moi, dit Jeanne, je referme la fenêtre. Vous êtes malade ?

– Non, pas vraiment. Je me suis fait vacciner contre la grippe saisonnière et je crois que je fais une réaction.

Jeanne l'observa. Elle ne l'avait pas remarqué plus tôt – peut-être s'était-il retenu jusqu'à ce qu'elle paraphe le contrat de location ? – mais, maintenant, la sueur faisait briller le visage du jeune homme. Elle aussi avait été vaccinée fin septembre, cédant à l'injonction médiatique, et ce que le sérum semblait produire chez ce garçon l'inquiéta. Il desserra sa cravate, recula, s'appuya sur un radiateur, se brûla et prit finalement appui contre le mur. Jeanne lui proposa de prendre de l'eau. Il répondit qu'elle ne trouverait pas de verre dans un appartement vide, mais elle alla tout de même dans la cuisine. Ouvrant les placards, elle tomba sur un gobelet en plastique poussiéreux. Alors qu'elle le rinçait, elle entendit du bruit.

– Ça va ? demanda-t-elle.

Silence complet.

– Ça va ?

Jeanne écoutait. Elle ferma le robinet et retourna dans le salon. L'homme était affalé de toute sa longueur devant le radiateur. La scène était cocasse, presque caricaturale. Elle s'approcha, posa le gobelet par terre, hésita, puis le reprit avant de le lui lancer au visage. Elle riait d'avance à l'idée de s'excuser quand il se réveillerait, trempé. Il ne réagit pas. Elle donna quelques tapes sur ses joues, passa son sac sous ses jambes pour les relever, mais rien n'y faisait. Se moquant un peu d'elle-même, Jeanne lui prit le pouls. Ça battait. Bien ou pas, elle aurait eu du mal à le dire, mais en tout cas, cela bougeait encore. Elle renonça au massage cardiaque et au bouche-à-bouche, refit mentalement le tour de ses connaissances médicales, et admit qu'elle ne pouvait pas faire grand-chose de plus. Elle s'assit par terre, embarrassée comme un guérisseur trahi par ses vieilles recettes. Il lui sembla tout à coup que l'homme avait pâli. Elle prit peur, sortit son portable et composa le 15.

Jeanne regardait s'éloigner le camion emportant l'agent immobilier sous la mélopée stridente à deux tons. Elle était seule au milieu de la foule du boulevard Saint-Germain, avec à la main le contrat de location. Comme elle l'avait promis aux pompiers, elle passa à l'agence immobilière pour informer du malaise et faire prévenir la famille. On s'étonna, puis on enchaîna :

– A-t-il eu le temps de vous faire signer le bail ?

Elle tendit les papiers. Tout était en ordre, elle pouvait garder les clés.

Le lendemain, Jeanne quitta la colocation qu'elle avait intégrée à l'époque de la fac. L'ambiance post-étudiante, la désertion des colocataires et la nonchalance d'Herbert, le dernier occupant, avaient eu raison de l'inertie de la jeune femme. Maintenant qu'elle partait, elle ne comprenait plus pourquoi elle avait tant tardé. Elle se leva tôt. Vers le milieu de la matinée, elle avait fini de ranger ses affaires. À 11 heures, un taxi arriva pour la prendre avec sa valise de vêtements, son sac de livres, une trousse de toilette et un ordinateur portable. Herbert n'était toujours pas réveillé. Elle frappa deux fois à la porte de sa chambre, puis lui envoya un SMS pour lui dire au revoir.

Montmartre disparaissait derrière les vitres du véhicule. Les pavés, dont le bruit sous le passage des roues couvrait par un crépitement lancinant le son de la radio, firent place à l'asphalte quasi silencieux du boulevard Magenta. Jeanne ferma les yeux, bercée par une page de pub.

« La vaccination contre la grippe saisonnière, le premier geste santé de l'automne. Gratuit pour les plus de 65 ans, et maintenant aussi pour les 15-35 ans. Vaccin pris en charge par la plupart des mutuelles cette année. La grippe, c'est mieux quand on l'évite ! »

– Ça me rappelle leur histoire de Singapour en début d'année, dit le conducteur en baissant le son, mais je suis bon public, moi. Regardez : j'ai appelé ma mutuelle, et comme j'ai trente-six ans, je dois payer un supplément de cotisation si je veux être remboursé, alors que mon beau-frère, à la SNCF, se fait vacciner depuis des années gratuitement. Cette fois-ci, ils les ont même piqués sur leur lieu de travail. Si ce n'est pas une santé à deux vitesses ! C'est comme le feu rouge, là, le troisième du boulevard. Eh bien, il n'est pas synchronisé. Moi qui passe ici au moins dix fois par jour, parce que je fais la gare de l'Est, je perds une minute à chaque fois. Dix minutes par jour, plus de trois heures par mois. Et le moteur tourne. Et on ose vouloir réduire la couche d'ozone et l'effet de serre…

Le portable de Jeanne sonna. Elle attendait une réponse pour un défilé à Milan la semaine suivante. Au lieu de cela, une voix de femme lui fit confirmer sa nouvelle adresse et lui demanda si elle était chez elle, pour que l'on puisse la voir de toute urgence.

– Me voir chez moi ? Mais je peux me déplacer. De quoi avez-vous besoin ? Je peux aussi vous envoyer des photos par mail…

– Vous ne m'avez pas bien comprise, Mademoiselle. Je vous appelle de l'hôpital Necker. Nous devons vous rencontrer pour effectuer un test. Ne sortez surtout pas de votre domicile. Je vous envoie quelqu'un.

Vidant ses valises, remplissant déjà ses nouveaux placards, elle pensait au malaise de l'agent immobilier et remarquait, se souvenant de son expérience asiatique, la coïncidence qu'il y avait à être une nouvelle fois interdite de sortie.

On sonna à la porte. Jeanne prit presque peur en voyant deux hommes munis de masques à cartouche. L'un lui dit « bonjour », précisa qu'ils étaient respectivement médecin et infirmier, puis lui tendit un masque chirurgical que, cette fois, elle enfila. Le tissu blanc renforçait son regard noir.

– C'est l'agent immobilier, n'est-ce pas ? Il est malade ? s'empressa-t-elle de demander.

On lui répondit que l'on n'avait pas plus d'information pour le moment. Instinctivement, Jeanne recula jusqu'à la fenêtre, et chercha des yeux un cordon de police qui se serait formé devant chez elle. Il n'y avait rien. Elle s'excusa pour aller boire, puis revint. Le médecin posa des questions sur son état de santé général, l'infirmier lui fit un prélèvement dans le nez et un autre dans la gorge. On la remercia en précisant que les résultats seraient connus une douzaine d'heures plus tard.

– Vous serez contactée à ce moment-là.

– Dans douze heures… il sera une heure du matin, s'étonna Jeanne.

– Oui, c'est cela. En attendant, ne bougez pas d'ici, ne recevez personne, conservez votre masque si quelqu'un doit vous rendre visite, et changez-le toutes les quatre heures. En voici quelques-uns.

– C'est pour la grippe ? L'agent immobilier a la grippe ?

– Nous ne pouvons malheureusement rien dire de plus pour l'instant.

Jeanne tendit la main alors qu'ils se dirigeaient déjà vers l'entrée. Le médecin fit mine de ne pas voir son geste et sortit. L'infirmier l'observa en silence. Il recula d'un pas, s'excusa pour le dérangement à deux reprises, puis s'éclipsa. Jeanne claqua la porte, arracha le masque et le balança à travers la pièce. Elle avait l'impression d'être une souris de laboratoire à qui on ne juge pas nécessaire d'expliquer ce qui lui est fait.

En bas, dans le hall d'entrée, les deux hommes ôtèrent leurs masques et, sans se concerter, retinrent leurs respirations jusqu'à ce qu'ils fussent à l'air libre. C'était comme si tout ce qui constituait la proximité de Jeanne, son immeuble compris, représentait un danger diffus et invisible.

Lorsqu'ils arrivèrent au service d'infectiologie de l'hôpital Necker, le directeur, en nœud papillon, les attendait. Ils parlèrent d'absence de symptôme et de cas peu probable. Le directeur prit les prélèvements et les passa assez naïvement devant ses yeux avant de se reprendre.

– Bon, bon… Lançons tout de même le test.

Une infirmière emmena les deux échantillons. Un individu en costume, qui se tenait derrière le directeur, questionna les deux hommes qui revenaient de chez Jeanne.

– Vous avez été discrets, aucun affolement chez elle ?

Le médecin eut une réticence à parler à celui qui ne portait pas l'uniforme médical. Devant son silence, le directeur eut un mouvement d'impatience.

– Mais répondez, voyons, c'est Monsieur Confiant, le délégué interministériel à la lutte contre la grippe !

L'homme se détendit un peu.

– Aucun affolement visible, mais elle sait certainement de quoi il s'agit. Je regrette tout de même que nous ayons dû être aussi circonspects. Elle a demandé des explications. Nous n'avons pas répondu.

– Et vous ? demanda Confiant à l'infirmier.

– Moi ?

– Eh bien ? Avez-vous quelque chose à dire ?

L'infirmier hésita quelques instants.

– C'est terrible, quand même !

Le cri était sorti du cœur, et d'une voix un peu trop forte pour que la remarque soit anodine.

– Qu'est-ce qui est terrible ? interrogea le directeur, perturbé par le manque de retenue de son employé.

– Rien… C'est idiot, mais elle est jeune, et belle. Imaginer qu'elle aussi ait contracté…

Le directeur eut à l'attention de Confiant un rire dont la suffisance montrait qu'il se désengageait complètement de la futilité de son infirmier. Il crut d'ailleurs utile de préciser :

– Voyons, ni la jeunesse ni la beauté n'ont de rapport avec le virus qui nous occupe.

Vexé, l'infirmier persista.

– Quand même, dit-il, quand même…

Confiant sourit. Le jeune homme décela de l'empathie dans le visage du fonctionnaire. *Voilà un type bien*, pensa-t-il.

Le directeur entraîna Confiant un peu plus loin. Il craignait que le délégué ne voie dans son personnel un amateurisme qui pût, d'une manière ou d'une autre, se retourner contre lui. Il en profita pour asséner quelques mots qu'il prenait pour des valeurs sûres de l'expertise sanitaire.

– L'homme arrivé hier a été déclaré positif aux réactifs de la grippe A. La confirmation de sa vaccination saisonnière nous conduit à penser qu'il s'agit bien du virus de Singapour. On note toutefois une aggravation de son état général qui va au-delà de ce qui avait été constaté chez les malades du printemps. Nous proposons un nouveau séquençage intégral du génome viral pour identifier une recombinaison génétique potentielle. De plus, il semble qu'il y ait une certaine résistance au Tamiflu, mais comme il est arrivé tard à l'hôpital, on ne peut pas conclure…

– On est face à un redémarrage de l'épidémie ? coupa Confiant.

– C'est trop tôt pour le dire, mais soyez assuré que l'on fait le maximum pour le savoir.

– Bien, je vous remercie. Excusez-moi quelques instants.

Le directeur, à regret, laissa Confiant s'éloigner. *Un café*, se dit-il, *voilà ce qui lui ferait plaisir. Ils doivent en boire des litres, là-haut, dans les ministères. Déjà que, moi, j'en avale au moins six par jour, alors eux*… Il héla une infirmière et lui ordonna de préparer deux cafés serrés, pendant que lui-même gardait un œil sur le délégué, au cas où il aurait besoin de quelque chose. Elle partait déjà quand il la rattrapa en lui tendant les clés de son bureau : elle pouvait utiliser sa propre machine à expresso, le café des distributeurs était vraiment trop infect. L'infirmière sourit. *Au lieu de deux cafés*, pensa-t-elle, *j'en ferai trois*…

Confiant téléphona au Premier ministre. À quelques mètres, le directeur saisit trois mots à la volée : « probabilité », « stratégie », « affolement ». Il prit le prétexte des deux tasses qui arrivaient pour se rapprocher du délégué, au moment où il raccrochait. « Ristretto, précisa-t-il, du pur arabica italien. » Confiant accepta, but d'un trait et grimaça avant de préciser :

– Nous allons faire une annonce à la presse ce soir. Pas un mot de la part de l'hôpital. Toute la communication passera par moi.

Il était 18 heures quand le fourgon se gara devant le 148, boulevard Saint-Germain. Les deux livreurs s'apprêtaient à sortir quand Éric, le chauffeur, demanda à son collègue Léon d'attendre avant d'éteindre l'autoradio. On annonçait un premier cas de grippe à Paris. Léon éclata de rire. Son ventre bondissant faisait sortir sa chemise de son pantalon. Il la remit en place en déclarant qu'il avait eu un rhume la semaine dernière, et que ça aurait bien mérité que la France entière soit avertie. Éric le fixa sans rien dire et arrêta la radio, déjà passée à la crise économique. Il faillit répondre quelque chose, mais y renonça. Léon, que la polémique passionnait et qui craignait le silence, lui expliqua que ses enfants, depuis la rentrée, se faisaient rebattre les oreilles à l'école avec le lavage des mains, et comment éternuer et ne rien ramasser par terre. Depuis un mois, il n'était plus possible de leur faire utiliser deux fois de suite le même mouchoir en papier. Du bourrage de crâne, de la propagande, tout ça pour faire acheter des Kleenex et du savon : le gouvernement n'avait rien trouvé de mieux pour relancer la croissance.

Éric ouvrit le hayon arrière et commença à sortir un énorme carton. Léon le regardait et, parlant avec les mains, tardait à aider à la manœuvre. Lorsqu'ils arrivèrent dans la cage d'escalier, Léon troqua la diatribe sanitaire contre la critique des immeubles anciens.

– Au sixième, en plus ! Et jamais un ascenseur aux normes, à Paris. Comment veux-tu arriver en forme à la retraite, avec un boulot pareil ?

Éric frappa à la porte. On entendait marcher à l'intérieur. Une voix cria d'attendre une minute. Léon, qui était derrière son collègue, s'approcha un peu quand il reconnut un timbre de jeune femme. Jeanne ouvrit. Il prit la parole :

– Bonjour, Madame ! C'est pour le…

Il lui avait fallu deux secondes pour s'apercevoir qu'elle portait un masque. Il eut un mouvement de recul. Le gouvernement en faisait peut-être trop, mais au cas où… Éric, flegmatique, termina la phrase de son collègue, fit signer le bon de livraison et dut, tout seul, porter le colis à l'intérieur de l'appartement. L'autre était déjà redescendu et l'attendait dans le véhicule. À peine avait-il fermé sa portière qu'Éric dut supporter une nouvelle logorrhée : ils faisaient un boulot de Polonais, ils étaient payés comme des Chinois et, en plus, il y avait des risques. Si ça se trouvait, ils avaient été obligés de rendre visite à la seule personne grippée de la capitale, celle dont la radio parlait. Il n'y avait pourtant qu'un malade à Paris, c'était comme de gagner au loto, il fallait que ça tombe sur lui, sauf qu'il n'avait jamais gagné au loto. Comme le chauffeur ne répondait pas, il lui demanda si elle avait quand même laissé un pourboire. Tout en conduisant, Éric sortit un billet de cinq euros de sa poche, qu'il tendit à Léon. L'autre recula. L'argent était un des facteurs de contamination les plus efficaces pendant une épidémie, avait-il entendu. Éric, toujours muet, rangea le billet. Il s'étonnait du mystère de l'annonce à la radio et du masque de la jeune femme. *Il doit y avoir*, pensait-il, *quelque part, des gens pour qui ces choses-là sont sues, et bon Dieu, c'est avec des gens comme ça que j'aimerais travailler, plutôt qu'avec le zouave d'à côté.*

Jeanne assemblait le lit commandé sur Internet dans l'après-midi et que l'on venait de lui livrer. Elle éternua. Était-ce dû à la poussière de l'emballage ? Elle alla dans la salle de bains, ouvrit sa trousse de toilette et prit sa température pour la cinquième fois de la journée. 36,8°degrés. Elle transpirait. Elle retourna dans le salon et, se mettant à la fenêtre, regarda en bas. Les passants marchaient, indolents ou pressés, mais surtout libres. Exaspérée, elle fit une dizaine de pas avant d'enfiler un nouveau masque et de descendre. Arrivée en bas, elle regarda à gauche, à droite, puis avança. Sous la nuit tombante, la lumière électrique colorait la rue. Il faisait froid. Le masque lui tenait chaud. Elle entendait son propre souffle, comme si elle avait été sous l'eau, respirant l'oxygène d'une bouteille de plongée. Elle ressentait un curieux sentiment d'isolement et de solitude, comme si elle passait au centre d'un immense aquarium, enfermée dans un tube de plexiglas pour touristes. Elle s'arrêta devant un passage piéton. Sur le trottoir d'en face, quelques personnes attendaient pour traverser. Il y avait une vieille dame, un couple et un homme seul. Tous la fixaient. Sur le mur de l'immeuble derrière eux, Jeanne remarqua une caméra de surveillance qui semblait aussi braquée sur elle. Les quatre personnes traversèrent et s'écartèrent de plusieurs mètres pour ne pas l'approcher. Même le regard des hommes, qu'elle connaissait par cœur, était devenu méfiant. Elle fit demi-tour et alla jusqu'à un fast-food où un employé derrière une vitre lui tendit avec précaution un menu à emporter. Énervée, elle rentra chez elle.

À 19 h 50, son téléphone sonna. Elle se rua pour décrocher. On lui confirmait son voyage à Milan le mardi suivant. Elle partirait le matin de Paris, défilerait dans l'après-midi et reviendrait le lendemain.

Ses billets d'avion lui seraient envoyés chez elle. Elle laissa dire puis remercia et raccrocha.

À 22 heures, elle tenta de dormir. La literie, offerte avec sa commande, sentait le neuf. Le tissu semblait amidonné. Elle vérifiait toutes les dix minutes que son téléphone fonctionnait bien. Elle finit par prendre un livre et lut des phrases qui n'atteignaient pas sa conscience.

À 1 heure du matin, elle s'éveilla en sursaut. Elle avait mal à la tête. Son téléphone sonna quelques secondes après. On lui dit immédiatement :

– Vous pouvez être rassurée, Mademoiselle, vous n'avez rien.

Sa migraine avait disparu avant même qu'elle ne raccroche. Elle respira à fond. L'air était plus dense, la nuit plus noire et ses draps presque caressants.

2

Jean-Baptiste Confiant n'avait pas quitté l'hôpital depuis la veille. Le directeur lui avait prêté son bureau et, le soir, avait fait préparer une chambre pour lui. Le délégué suivait l'évolution de la maladie de l'agent immobilier avec assiduité. L'annonce du résultat négatif des tests de la jeune femme ne l'avait pas laissé indifférent. Il s'était rendu compte, alors que le directeur le lui annonçait comme une excellente nouvelle, qu'il avait déjà imaginé un deuxième lit dans la salle vitrée où l'agent avait été installé.

Il faudra que je me débrouille avec un seul patient, pensa-t-il pendant qu'il préparait, vers 2 heures du matin, un mémo sur la situation à l'attention du Premier ministre Strato. À 3 heures, son mail était envoyé. Il n'avait plus qu'à dormir un peu.

Le directeur, tapi derrière la porte, hésitait. L'information qu'il avait à transmettre justifiait de réveiller le délégué, mais ne valait-il pas mieux attendre une demi-heure, voire une heure ? Après tout, il n'était que 7 heures, et le dévouement du fonctionnaire, qu'il avait trouvé exemplaire depuis son arrivée à l'hôpital, ne commençait peut-être qu'après le lever du jour. Mais le café qui refroidissait ? C'était tout de même dommage ! Sur le plateau qu'il tenait dans la main gauche, les deux tasses, vues du dessus, montraient une mousse qui déjà commençait à faner. Une porte claqua au bout du couloir. Une femme de ménage commençait sa tournée. Le directeur se ressaisit et frappa trois fois.

Le lit métallique grinça de l'autre côté de la porte, puis on lui dit d'entrer. Confiant se levait en lui tournant le dos et enfilait son pantalon. Le directeur tenta une phrase d'introduction qu'il ne put finir ; l'autre voulait des faits.

– C'est bien une mutation du virus. On ne sait rien de sa virulence ni de sa sévérité, mais il est certain que ce n'est pas tout à fait la grippe de Singapour.

– Nous en sommes sûrs ? demanda Confiant qui s'était retourné dès les premiers mots.

Son torse nu et l'intensité de sa voix étonnèrent le directeur. Il mit quelque temps avant de prendre une figure grave, de circonstance, et de lâcher :

– Malheureusement, oui.

Confiant inspira profondément, comme un Parisien sortant de sa voiture le samedi matin au Touquet, face à la mer. Puis, avec un sourire communicatif, il conclut :

– Très bien, on va pouvoir travailler, maintenant.

Surpris par cet enthousiasme neuf, le directeur força sa pensée à suivre une direction imprévue.

– Oui, tout à fait. C'est médicalement passionnant. Et c'est un honneur de recevoir ce patient chez moi. Comme je me suis personnellement impliqué dans le processus de préparation contre la grippe aviaire depuis plusieurs années, je suis heureux d'avoir la chance aujourd'hui…

Confiant enfila sa veste et attrapa une tasse en passant au niveau du directeur. Il la vida et la reposa, contrarié.

– Même dans un hôpital public, on pourrait faire un effort sur les machines à café.

Il sortit. Le directeur le regarda s'éloigner. Il attrapa la deuxième tasse et y trempa les lèvres. Mauvais, son café ? Le délégué avait certainement raison. Le manque de moyens de l'institution avait dû l'amener, même lui, à se satisfaire d'un café médiocre, et à le trouver bon. Il faudrait vraiment faire quelque chose.

Confiant passa près de deux heures à Matignon. Si le Premier ministre avait une qualité, c'était celle de se lever tôt. Mais s'il avait un défaut, c'était celui d'être entouré. La foule de conseillers n'aurait pas eu grand-chose à apprendre de la cour d'un Louis XIV au plus haut de sa popularité. Tous étaient là dès le réveil, et chacun guettait le bon mot ou la remarque pertinente qui le placerait en odeur de sainteté républicaine. Comme Confiant n'aimait pas faire le jeu de la concurrence, il dut attendre un moment plus calme. Par chance, il pleuvait ce jour-là. Strato échangea le footing très couru par son entourage contre un quart d'heure de machine à ramer en solitaire. Le délégué s'immisça dans la salle de sport et se plaça près de lui. Il pouvait voir sur l'écran de la machine le compte à rebours qui les séparait de la fin de l'entretien. Des bips réguliers battaient la cadence, à la manière du tambour qui, sur les galères, rythmait l'effort des prisonniers. Confiant comprit qu'il avait peu de temps. Il commença par évoquer le mémo dont Strato avait pris connaissance le matin, puis il expliqua que la situation avait évolué. Ils avaient devant eux tous les indices de l'apparition d'un nouveau foyer d'épidémie. Le délégué formula des demandes croissantes, sachant que seule la dernière serait difficile à faire accepter. Il acquit le droit de placer à l'hôpital tous ceux dans l'entourage éloigné du malade qui n'avaient pas encore été testés, de fermer, à titre de précaution, l'agence immobilière où il travaillait, de lancer un appel à tous les centres de santé parisiens pour détecter d'autres éventuelles contaminations et d'augmenter immédiatement la fréquence des spots préventifs à la télé et à la radio. Puis il suggéra à Strato d'intervenir au *20 heures*. Le Premier ministre arrêta presque de ramer. La machine l'avertit par une sirène aiguë qu'il prenait du retard. Il se remit à la tâche, en déclarant à Confiant d'une manière définitive que cela n'était pas une bonne idée.

– L'expérience nous impose de faire attention, dit Strato. Dans la population, personne n'a vraiment cru à la grippe de Singapour et tout le monde a eu raison ! Non, si ça se solde de la même manière, j'aurai misé mon image au journal pour rien. Je préférerais encore y aller pour parler du chômage, et ce n'est pas peu dire. Rutila n'est pas tendre, vous savez bien. Vous voulez que j'aille me faire sabrer ? Attendons au moins un mort ou deux, on verra après.

Confiant se doutait de la réticence de Strato. Il réfléchit quelques secondes avant de reprendre :

– Monsieur le Premier ministre, que diriez-vous de faire un direct depuis l'hôpital ? On peut toujours s'arranger pour que Rutila n'intervienne pas. Vous dites ce que vous avez à dire et, quand vous avez fini, on rend l'antenne.

Strato fixa Confiant pendant quelques instants, puis il eut un sourire. Il demanda si l'hôpital présentait bien, s'il pourrait y être à son avantage, et accorda enfin au délégué d'organiser l'événement. La machine interrompit l'entretien, la sonnerie de fin d'exercice coupant la discussion. Strato donna vigoureusement trois de coups de rame supplémentaires : les téléspectateurs le verraient en pleine forme.

Un malade hospitalisé était après tout un spectacle comme un autre, et l'équipe de télévision qui arriva à l'hôpital Necker à l'heure du déjeuner fit comme si elle avait dû filmer le salon de l'agriculture ou enregistrer un épisode de Fort Boyard : face à l'absence d'action à laquelle il fallait s'attendre – il y avait peu de chance pour que l'agent immobilier, en plein direct, se lève et marche –, on prépara une mise en scène. Les repérages permirent de trouver, au sous-sol, une salle d'opération pédagogique, vaste chambre arrondie et surmontée d'une mezzanine vitrée. Les décorateurs et les techniciens se mirent au travail. Tout ce qui pouvait inspirer le respect et la confiance fut installé. On plaça ensuite trois caméras, deux en haut pour le Premier ministre, une en bas pour le malade, et on procéda à des essais. Un rail de travelling fut monté en arc de cercle autour du lit. Une infirmière servant de doublure y fut allongée pour permettre de régler les plans et la lumière. Des machines en tout genre, vastes, lumineuses, archétypes de la technologie médicale moderne, prirent place au second plan. On simula, on minuta, on vérifia et, finalement, on demanda à ce que l'agent immobilier soit descendu. Après quelques réglages, le vrai monitoring et le goutte-à-goutte s'harmonisaient avec les éléments décoratifs. On put répéter.

Deux médecins réquisitionnés pour l'occasion firent preuve d'imagination et trouvèrent les gestes qui devaient occuper les cinq minutes de l'intervention ministérielle. Les détails de leurs costumes, les déplacements et les postures furent soigneusement consignés par une scripte. Le réalisateur du *20 heures* télévisé assista enfin à une répétition générale dans laquelle Confiant incarnait le Premier ministre, et les deux hommes, satisfaits au visionnage du résultat, décidèrent d'ouvrir l'émission par le direct. Rutila, furieux qu'on lui ait dérobé une partie de son journal, avait refusé de se rendre à l'hôpital dans l'après-midi. Il rongeait son frein.

Strato arriva à Necker à 19 heures. Confiant lui fit un briefing et lui donna son texte. Il en corrigea trois mots et esquissa quelques mouvements de yoga pendant le maquillage. Cinq minutes avant l'antenne, tout était prêt. Il n'y avait pas de climatisation au sous-sol et les lumières chauffaient la salle jusqu'à la sueur. On épongea l'agent immobilier qui commençait à briller et on le poudra, comme les deux médecins.

Strato prit place devant les vitres, face à la caméra. En contrebas, à sa droite, on voyait l'agent plongé dans une immobile docilité. Les médecins attendaient le signal pour commencer leur chorégraphie. Confiant se mit un pas derrière le cadreur principal. Le directeur de l'hôpital était là aussi, rond et discret, souriant. Il cherchait avec insistance ce qu'il pourrait dire de court et de pertinent au délégué, sans le déranger. Il se faisait violence pour rien, c'était trop tard. Le prompteur et le générique de début étaient lancés. On pouvait commencer.

– Mesdames, mesdemoiselles, messieurs, bonsoir, débuta Strato.

Sa voix, posée, était volontairement faible, comme s'il avait été dans une église ou au cimetière. L'effet était saisissant.

– Je m'adresse à vous ce soir en direct de l'hôpital Necker, à Paris. Cet homme, que vous voyez derrière moi, s'appelle Sébastien Nadard. Il a été admis hier. Il a la grippe. Il est dans un état critique. Il s'agit d'un virus qui ressemble à celui que Singapour a connu au printemps, mais qui a muté. C'est pourquoi, selon le principe de précaution, nous le surveillons tout particulièrement.

On arrivait à l'instant, où, méthodiquement, un médecin changeait le goutte-à-goutte pendant que l'autre vérifiait les différents paramètres corporels – pouls, tension, respiration – du patient.

– Je ne cherche pas à vous affoler. Tout est parfaitement sous contrôle. Cependant, les nouvelles caractéristiques génétiques de ce virus…

La scripte fut la première à remarquer quelque chose. Le médecin du goutte-à-goutte tenait son rôle, mais l'autre prenait du retard. Inquiet, il restait collé au monitoring. Elle fit un signe au premier assistant qui acquiesça mais avoua, par un haussement d'épaules, son impuissance. Le travelling qui suivit et qui devait se terminer par un zoom sur le visage de Sébastien, fut raté. Le dos du médecin retardataire boucha la fin du plan. Le réalisateur bascula sur la caméra qui filmait Strato.

– … le gouvernement a préparé l'ensemble des procédures qui pourraient s'appliquer en cas d'épidémie. Concrètement, je vous demande de regarder la télévision et d'écouter la radio, et de suivre tout ce qui va vous être dit. Il ne se passera peut-être rien, mais…

C'est à ce moment-là que le bip continu retentit, couvrant le discours. Le cœur du malade venait brusquement de s'arrêter. Strato sursauta. Un médecin écarta ce qui n'était que du décor autour du lit pendant que l'autre préparait un massage cardiaque. La caméra du travelling ne manquait pas une miette de l'action. Strato fit signe à Confiant de s'approcher, et lui-même agrippa la manche du directeur. Ils se retrouvèrent tous trois collés à la vitre, dévorant la scène des yeux. Surexcité, le directeur commentait à l'oreille de Confiant ce qui se passait en bas. Confiant chuchotait à Strato la traduction des termes médicaux, et celui-ci faisait à chaud, d'une voix agitée, le commentaire des images chocs qui parvenaient dans les foyers français.

– On est en train de le perdre… On essaie de le réanimer… C'est un masque à oxygène qu'on lui met… Il faut faire vite… Il ne revient pas… On insiste, il ne faut pas abandonner… Les chances diminuent, mais on tient bon… On fait tout ce qu'il est possible de faire… Il s'en va…

Puis, après une pause :

– On aura tout tenté…

L'action autour du lit retombait. Le réalisateur donna l'antenne à Rutila, en studio. Le présentateur inspira longuement et fixa la caméra intensément avant de parler.

– Nous venons de vivre un moment exceptionnel et douloureux. Sébastien Nadard, le premier malade du nouveau virus de la grippe, vient de mourir en direct dans notre journal. Vous avez pu voir et partager l'extrême émotion de Monsieur le Premier ministre pendant ces minutes terribles. Pour autant, ne nous laissons pas entraîner vers le catastrophisme.

Jeanne était assise devant son ordinateur. Silencieuse, elle regardait le journal télévisé. Elle avait reconnu le visage de l'agent immobilier mais, derrière l'écran, une distance s'était instaurée. Elle ne bougea pas jusqu'à la fin de l'émission, qui fut entièrement consacrée à la grippe. Des consultants arrivèrent sur le plateau, et on fit du journal un *talk-show*. Après que l'on eut beaucoup dramatisé et que l'on se fut perdu dans la multitude de scénarios possibles, Rutila clôtura par cette phrase :

– Il faut savoir raison garder.

Le réalisateur du journal, lui, avait tenu l'antenne pendant deux heures.

Jeanne sortit de la chambre et entra dans le salon. Face à elle se tenait le radiateur devant lequel l'homme s'était effondré la veille. Elle alla ouvrir la fenêtre en grand, puis sortit du placard de la cuisine des produits d'entretien. Elle enfila le seul masque qu'il lui restait et commença à faire le ménage. Elle finit par le parquet et le radiateur, se moquant un peu d'elle-même en se répétant la dernière phrase du journal. Puis elle retira son masque et, tandis qu'elle le jetait, elle entendit un clapotement irrégulier. Sur la verrière, des pigeons marchaient. Jeanne éteignit la lumière, pensant qu'elle devait les empêcher de dormir.

3

Le lendemain, tous les quotidiens titrèrent sur le décès télévisé. Jean-Baptiste Confiant se félicitait d'avoir incité Strato à se rendre au chevet de la première victime de la grippe. Le gouvernement avait médiatiquement pris en main ce qui était peut-être le début de la crise d'automne, et cela, grâce à lui. Dans son bureau au rez-de-chaussée de l'hôtel Matignon, calé dans son fauteuil, il savourait l'instant comme un replet curé de campagne se reposant, satisfait de lui-même, après un sermon réussi.

À l'étage supérieur, le Premier ministre fixait, à travers la fenêtre, son jardin « à la française ». Dans une immobilité de IVe République qui ne lui ressemblait pas, il ruminait. Rutila avait osé, se cachant à peine derrière une périphrase polie, le traiter de catastrophiste. Ce qui aurait pu passer inaperçu n'avait pas échappé aux journalistes de la presse écrite qui, nombreux, évoquaient « l'extrême émotion du Premier ministre ». La grippe pouvait être aussi vicieuse qu'une peau de banane. Il s'agissait de faire attention à la chute.

Jeanne était descendue pour acheter le journal, ce qui ne lui était pas arrivé depuis plusieurs mois, et s'était installée dans un café du boulevard Saint-Germain. Autour du zinc, l'ambiance de calembour grippal n'avait rien à envier en lourdeur aux blagues grivoises dont les garçons de café étaient coutumiers. Qui n'avait jamais attrapé une grippe ? On pouvait en mourir, certes, mais n'était-ce pas par accumulation de circonstances malencontreuses plutôt que du virus lui-même ? Qui disait, d'ailleurs, que l'agent immobilier n'était mort que de cela, et pas d'autres affections combinées, d'un cancer ou d'une maladie tropicale ? Du coup, on avalait avec le café et le croissant les recommandations sanitaires qui passaient en continu à la télévision sans trop y prêter attention. Jeanne, en regardant les informations alarmistes sur l'écran, finissait par se demander si on ne se jetait pas sur la grippe comme sur un os à ronger, de la même manière qu'on l'aurait fait avec les derniers chiffres du chômage ou la reprise économique qui traînait des pieds. Une menace planait, c'était acquis, mais le vocabulaire de crise qui était à l'usage depuis tant de mois pour parler d'économie avait perdu de sa puissance dramatique lorsqu'on le resservait à la sauce épidémique.

Jeanne avait tardé à s'endormir après la soirée passée avec sa télévision et sa serpillière mais, face à la bonhomie de ce début de matinée – même le soleil se frayait un chemin généreux jusqu'à la table où était posé son expresso –, elle sentait que tout s'allégeait, que rien n'était peut-être aussi grave que l'on pouvait bien le dire. Comme une victime qui retourne sur le lieu du crime, elle osa mettre à l'épreuve son nouvel optimisme en se rendant devant l'agence immobilière qui lui avait loué son appartement. Tout était clos. Une affiche, à l'en-tête de Marianne républicaine, s'adressait au passant. On y demandait à toutes les personnes ayant fréquenté ce lieu depuis dix jours de bien vouloir prendre contact avec les autorités sanitaires. Jeanne sourit. Cela n'était-il pas un peu exagéré ?

Dans la France entière, tout se passait comme si cet homme, dont l'agonie avait sur le moment bouleversé les esprits, était ressuscité le jour d'après, à la manière d'un acteur que l'on croise dans la rue alors qu'on l'a vu mourir à l'écran. On avait plutôt envie d'applaudir la qualité de sa performance que de pleurer sa disparition.

Un cercle, toutefois, échappait à cette désinvolture. Le monde hospitalier avait peut-être été moins ému que le reste de la population par l'agitation télévisuelle de la veille – on savait à quoi ressemblait un homme que l'on essayait de ranimer –, mais accordait à l'événement une tout autre dimension. La première victime d'une épidémie passait souvent inaperçue. Pour une fois, peut-être, avait-on identifié le premier fait d'armes d'un nouveau virus. La directive de Confiant – recenser les cas possibles de grippe dans les hôpitaux parisiens – avait reçu un accueil zélé. Depuis l'après-midi précédent, avant même le décès de l'agent immobilier, on avait cherché, testé et diagnostiqué des malades aux symptômes alarmants. Vers 10 heures, le compte rendu sanitaire arriva sur le bureau de Jean-Baptiste Confiant. Dès les premières lignes, il en comprit la teneur : treize cas certains, cinquante et un cas probables et cent quinze cas possibles. Le délégué s'accorda quelques secondes avant de poursuivre la lecture. Dans les deux dernières catégories, on pouvait imaginer que les médecins avaient ratissé large, de peur de passer à côté d'un patient infecté, mais les treize premiers malades ne laissaient pas de place au doute. Et ils venaient, fait aggravant, non pas d'un même lieu, mais de différents endroits de la capitale. La suite du rapport confirmait ce qu'il pressentait : il fallait agir. Il demanda en urgence quelques minutes d'entretien à Strato. Confiant fit un point circonstancié et le Premier ministre écouta sans broncher, comme si le sujet lui déplaisait au plus haut point. Il accorda au délégué que les premières mesures du plan de pandémie grippale fussent mises en application, mais refusa toute implication personnelle.

Il suffit de quelques heures pour que les différentes consultations, du président jusqu'aux experts de terrain, soient réalisées. Quand tout fut en place pour que la France décrète l'alerte épidémique, Confiant informa lui-même l'OMS de la situation nationale. Dans la soirée, l'exceptionnel était prêt à remplacer la routine.

Jeanne avait reçu son billet d'avion pour Milan dans la journée. Elle était, le soir, devant son ordinateur et cherchait ce qu'elle pourrait faire dans la ville italienne après le défilé lorsque son téléphone portable sonna. Un message signé du ministère de la Santé l'invitait à écouter les informations à la télévision ou à la radio. Il était question de mesures sanitaires de précaution. Le texto provenait d'un numéro court, de ceux que certaines entreprises utilisent pour émettre des publicités virales, mais Jeanne prit tout de même quelques instants pour regarder sur Internet. Elle ne fut pas déçue. Le moindre site d'information, la moindre agence de presse, le plus confidentiel des journaux électroniques ou des blogs d'actualité reprenait le même titre : « Paris : Mesures exceptionnelles de lutte contre la grippe ». À la télévision, Rutila se délectait de l'actualité avec un plaisir non dissimulé, ne s'épargnant même pas l'autosatisfaction de rappeler que la première victime de la nouvelle grippe A « avait succombé sur notre chaîne ». Suivaient des spots aux images lisses, où l'on pouvait voir une famille standard, enfants blonds et parents *sportswear*, vivre en temps de grippe : des lavages de mains joyeux et réguliers, la petite fille qui sait toute seule enfiler son masque, son père qui en vérifie le positionnement dans la bonne humeur, le garçon qui rappelle à sa maman de ne pas oublier le sien en sortant… Toute cette mise en scène rappelait les images de la ménagère américaine des années 1950, fière de sa machine à laver et de la Ford de son mari garée dans l'allée, et laissait à Jeanne une impression gênante. Depuis la veille, on avait changé de registre. Quelque chose sonnait faux. Depuis le décès de l'agent immobilier, on avait perdu la dimension de la réalité pour entrer dans une sorte de monde idéal, prophylactique, blanc et heureux malgré tout.

Ce fut ce soir-là qu'elle ressentit pour la première fois une impression d'étouffement. Elle tourna et vira dans son appartement, chercha son manteau pour sortir, puis changea d'idée en apercevant les pigeons qui battaient de leurs pattes un rythme lancinant sur la verrière. Elle attrapa une chaise qu'elle plaça dans son entrée et ouvrit la fenêtre de toit que l'agent immobilier lui avait montrée pendant la visite de l'appartement. *Il faudra que je m'achète un escabeau*, pensa-t-elle en se levant sur la pointe des pieds, dans un équilibre instable à peine soutenu par ses deux mains posées sur le bord de la fenêtre. L'amusement prit finalement le pas sur la difficulté. Après une impulsion, elle se hissa à la force des bras. Elle réussit à poser ses coudes sur le toit puis à s'extirper de chez elle, à la manière d'un naufragé sortant par le hublot d'un bateau couché sur le flanc. Le toit était d'un métal blanchi par la lune et l'humidité, et froid comme l'Oural aux temps des campagnes napoléoniennes. Assise sur le zinc gelé, les extrémités raidissant sous un vent léger et inéluctable, Jeanne revivait. Les immeubles alentour formaient une mer grisâtre et agitée, à peine percée de loin en loin par l'abîme des rues. Le ciel orangé de l'éclairage public dessinait une sorte d'aurore boréale un peu fade, de celles des grandes villes qui, prétentieuses, éteignent chaque soir les étoiles. Jeanne s'allongea doucement, goûtant une liberté pirate. À quelques mètres, les pigeons considéraient avec curiosité cet étrange animal qui venait de sortir du toit pour se poser seul à côté d'eux. En l'absence de tout geste inquiétant, ils finirent par admettre cette présence inhabituelle. Lorsqu'elle redescendit, ils étaient déjà tous endormis.

Comme une veuve parée d'un voile noir et le visage recouvert de larmes bienvenues, Paris exposait le lendemain matin nuages et pluie d'automne. Jeanne aurait dû en profiter pour trouver de quoi remplir son appartement encore aux trois quarts vide, mais elle redoutait de passer sa journée dans les magasins. Elle n'était pas d'humeur à s'enfermer. Par terre, à côté de son lit, une pochette en papier montrait une piscine, un deck en bois exotique et un couple de *happy few* abandonnés à leur désœuvrement. C'était la première image que Jeanne avait vue à son réveil, et vers laquelle elle était revenue après avoir secoué ses draps. À l'intérieur de la pochette, son billet d'avion pour Milan lui rappelait qu'elle devait encore attendre deux jours avant de changer d'air. Exécrant les impératifs, elle fourra des affaires dans sa valise, son passeport et le billet dans la poche d'un trench noir et déserta les lieux.

Dehors, le temps était d'une douceur collante. On n'avait plus froid, mais la bouche buait et les chaussures flaquaient sur le trottoir. Les bottes ajourées de Jeanne prenaient l'eau. Sur trois cents mètres, elle avait eu l'impression d'écraser une éponge à chaque pas. Elle entra dans un café et prit place à côté d'un radiateur en demandant un thé fumé et le journal. Le garçon s'excusa. Il n'y en avait plus, des clients avaient dû les emporter. Jeanne fit une moue déçue. Le jeune homme revint deux minutes plus tard avec le thé et lui tendit le *Parisien*.

– C'est le mien. Ce n'est pas que je l'achète tous les jours, je n'ai pas le temps de lire… Mais aujourd'hui, j'ai bien fait, n'est-ce pas ? N'oubliez pas de me le rendre en partant !

Jeanne plissa le nez en guise de merci. Le garçon repartit en sifflotant. Pendant que le lapsang souchong refroidissait, elle lut un article sur les cas de grippe parisiens. Elle apprit que des malades avaient été diagnostiqués parmi des étudiants, dans le personnel du musée Pompidou et au sein de trois entreprises de la capitale, dont deux sièges de banques. En outre, un conducteur de métro et deux chauffeurs de bus étaient « probablement » atteints. La province, quant à elle, était saine. Le gouvernement jugeait la situation préoccupante. Jeanne changea de position dans son fauteuil. Ses pieds se réchauffaient, mais elle n'était pas tout à fait à l'aise. Elle but son thé, posa deux pièces sur le journal et se leva. Le serveur discutait au bar avec un client. Elle le héla. Tout le monde se retourna pour voir le clin d'œil qu'elle lui adressait et, la regardant partir, personne ne remarqua que le garçon rougissait légèrement.

Il ne pleuvait plus, mais on pataugeait sur un miroir aux éclats rouges, reflétant les feux arrière des voitures arrêtées. Jeanne comprit l'origine de l'embouteillage en remontant le boulevard Saint-Michel. Un cortège de cars de CRS et de véhicules anti-émeutes bloquait la rue. Elle se faufila comme un chat jusqu'à la place de la Sorbonne. La maréchaussée avait pris position autour de l'université dès le matin et dirigeait les étudiants vers des véhicules de la médecine du travail transformés en cabinets médicaux ambulants : avec trois cas de grippe parmi les élèves, il fallait prévenir la contagion. Un calme tendu régnait. Les hommes en armure et bouclier plastiques gardaient, nonchalants, leurs visières relevées, tandis que les jeunes formaient des groupes en attendant de passer leur oral sanitaire. Jeanne considérait la scène avec une certaine mélancolie, se souvenant de ses années de fac et du paysage policier qui, de temps en temps, jalonnait les saisons universitaires. Elle quittait la place quand on l'interpella.

– Eh, attends !

Herbert Lemont, son ancien colocataire, courait vers elle. Avant de le reconnaître, Jeanne ne put retenir une légère réaction de dédain : elle avait regardé son jean, sa veste grise et sa mallette en toile avant son visage. Se pouvait-il que, déjà, elle méprise tout ce qui sur le boulevard ne portait pas de vêtement griffé ? Elle contrebalança son premier mouvement par un sourire excessif.

– Comment vas-tu ?

– Bien ! Tu sais qu'on n'a pas le droit d'entrer dans les locaux ? On ne sait pas quand la Sorbonne va rouvrir.

– Je croyais que tu n'y venais plus beaucoup…

– J'ai été prévenu ce matin. C'est de la rétention du savoir et de l'éducation ! On va tenter de passer.

– On ? De qui parles-tu ? demanda Jeanne.

Herbert, en parlant, jetait des coups d'œil de tous les côtés. Il posa son regard sur Jeanne et sa valise.

– Et toi, tu pars en voyage ?

Elle n'eut pas le temps de répondre. Herbert interpella un jeune homme qui ne l'entendit pas, et tenta de le rattraper.

– On s'appelle ! dit-il à la volée.

L'agence de voyages était à cent mètres. Jeanne entra. Il n'y avait aucun client. Les commerciales étaient debout et discutaient. On entendit des coups de sifflet dans la rue. L'une d'elles se dirigea vers la porte vitrée. Une autre interpella Jeanne pour qu'elle vienne s'asseoir. Elle tendit ses billets en disant qu'elle souhaitait changer son vol pour s'en aller au plus tôt, ce matin si possible.

– Milan ? Vous avez de la chance. Je ne sais pas ce que je donnerais pour partir. Avec leurs histoires, on finirait presque par y croire, à cette épidémie.

Des cris parvenaient du dehors. Plusieurs étudiants passèrent en courant. L'un trébucha près de la vitrine et buta dans la porte. La femme à l'entrée prit peur.

– Je ferme le rideau, dit-elle, ça vaut mieux !

Jeanne se leva.

– Restez, Mademoiselle, lui dit l'hôtesse qui s'occupait d'elle. Vous êtes mieux à l'intérieur.

Doucement, le store métallique s'abaissa. On alluma toutes les lumières. Les cris s'étouffèrent. Par deux fois, des coups furent donnés sur le métal.

– Quel quartier ! dit celle qui venait de fermer. J'étais aux Invalides avant, c'était beaucoup plus calme. Ici, il n'y a pas une année sans manifestation.

– Il reste des places sur le vol de midi et sur celui de 15 heures, mais vous devrez payer un supplément. Est-ce que je modifie vos réservations ?

Le brouhaha de la rue avait pris un rythme de croisière. Jeanne, troublée par ce bruit de fond, ne parvenait pas à se décider.

– Si ce n'est pas malheureux, un tel désordre ! intervint la vendeuse. J'irais bien m'installer à la campagne, moi.

Jeanne regarda sa valise. Elle se sentit vieille tout à coup, dans une sorte de service gériatrique séparé du monde, et d'où l'on ruminerait jalousement sur la jeunesse inconséquente. Elle se vit déjà les pieds devants, au milieu de mégères aigries qui la veilleraient en médisant. Elle se leva brusquement.

– Je ne change pas mon billet. Je vous remercie.

On lui montra une sortie à l'arrière de la boutique qui, après une cour, menait à une rue tranquille. Jeanne courait presque en partant.

Son téléphone sonna alors qu'elle arrivait chez elle. C'était sa mère. Elle décrocha après un soupir et fit face à un flot de questions. Les mêmes thèmes revenaient toujours.

– Non, maman, je n'ai pas de ligne fixe.

– Tu devrais. Avec tout ce qui se passe, on ne peut pas être sûr que les portables fonctionneront. Rien ne vaut un bon fil téléphonique, tu ne penses pas ?

– Tu as certainement raison.

Jeanne s'efforçait de répondre poliment. Regardant par la fenêtre l'antenne-relais piquée dans l'immeuble d'en face, elle se mit à regretter son ancien appartement où les ondes ne passaient pas. Elle tenta de faire avancer la discussion.

– Comment vas-tu ? Tout se passe bien à Lille ?

– Oh oui. Tu sais bien qu'il n'arrive jamais rien ici. Et si quelque chose devait se produire, on n'en ferait pas autant que pour Paris, de toute façon. Avec leurs informations, on ne peut jamais discerner ce qui est important de ce qui ne l'est pas. À chaque résultat d'élection, on a l'impression qu'on va changer de régime. Après chaque match de football, on pense qu'on a dégoté un nouveau héros national. Avec chaque nouvelle centrale nucléaire, on croit qu'on a résolu la question énergétique et grâce à deux ou trois éoliennes, qu'on en a fini avec le problème de l'écologie… Idem pour la grippe. Je finirais presque par m'inquiéter pour toi.

– Il n'y a pas de raison.

– Ce n'est pas que j'y crois, à ces histoires de grippe, je l'ai eue l'an dernier et, sincèrement, ce n'est pas grand-chose. J'ai moins peur de ça que de mes problèmes de cœur. Mais je ne t'appelle pas pour parler de moi. J'ai entendu dire qu'il y avait des manifestations dans Paris. Tu es prudente, au moins ?

Il y avait près de deux ans que Jeanne n'était pas allée à Lille, depuis l'époque de ses premiers engagements de mannequin. Sa mère, alors, lui avait fait un cours sur la libération du beau sexe et avait évoqué la soumission à l'ordre publicitaire et l'asservissement volontaire de la femme-objet. Son discours, bien ficelé, avait poussé Jeanne vers les shootings. Elle avait oublié l'université. « Tu finiras par me tuer », avait dit sa mère. Depuis, le sujet était devenu un tabou familial et elles ne s'appelaient plus qu'une fois par mois.

– Peut-être qu'il vaudrait mieux que tu ne sortes pas de ton appartement pour l'instant. À propos, tu es à Paris ?

Il était arrivé à plusieurs reprises que Jeanne avoue après quelques minutes de conversation qu'elle était en Espagne, en Angleterre ou au Japon.

– Pour une fois, je crois que j'aurais préféré que tu ne sois pas en France… À part ça, tout va bien ?

Jeanne ne parla pas de l'agent immobilier, du prélèvement, des masques. Il aurait fallu expliquer le déménagement, se justifier, se faire plaindre peut-être et, en tout cas, accepter les hésitations d'un amour maladroit et qui l'encombrait. Jeanne la remercia de lui avoir téléphoné, prétexta un double-appel et raccrocha. Ce moment-là, juste après la conversation, était le plus dur. Elle aurait voulu des bras qui ne soient pas ceux de sa mère, une oreille pour épancher sa rancune d'enfant, un amoureux, enfin, qui lui fasse oublier la part d'égoïsme qu'il y a à détester ses parents. Faute de mieux, elle descendit et s'installa dans un café pour diluer sa solitude dans une agitation bruyante.

4

Il était 8 h 50 le lendemain matin quand Éric passa sur le boulevard Saint-Germain avec son fourgon aux couleurs de l'entreprise de literie. Il avait voulu déposer ses enfants à l'école, mais en avait trouvé les portes closes. Le professeur d'un établissement voisin était en observation à l'hôpital, probablement atteint de la nouvelle grippe. L'homme avait croisé ses collègues lors d'une réunion syndicale l'avant-veille. Par précaution, on avait fermé sans préavis toutes les écoles concernées. Éric, au volant, regardait ses deux enfants de 6 et 8 ans assis sur la banquette à côté de lui en se demandant comment il allait pouvoir travailler. Son ex-femme, appelée le matin, lui avait appris qu'elle était en vacances en République dominicaine. Elle lui avait aussi rappelé qu'ils étaient en garde partagée. S'il ne pouvait pas assumer les enfants pendant la semaine, il était toujours possible de retourner devant le juge.

Il s'arrêta à un feu, juste devant l'immeuble de Jeanne. Il se souvint de la jeune femme, de son masque, et se résolut à agir. Dix minutes plus tard, il déposa le véhicule chez son employeur en expliquant qu'il ne pouvait pas travailler aujourd'hui. Le patron se fâcha.

– Pas toi ! J'ai déjà deux autres gus qui m'ont appelé pour me dire qu'ils ne viendraient pas. Comment je fais tourner le bouclard, moi ? Si je manque mes livraisons de la journée, je dois dédommager mes clients. Je t'aime bien, Éric, mais si tu me fais ce coup-là, ce n'est pas la peine de revenir.

Placide, le chauffeur posa les papiers du fourgon et les clés sur le bureau avant de sortir en s'excusant. Les enfants ne disaient rien. Cinq cents mètres plus loin, il demanda son chemin à un kiosque. Le vendeur, à court de journaux, lui indiqua la route avec le sourire.

Une demi-heure plus tard, il se présenta à l'hôtel Matignon. Dans son bureau derrière le porche, l'employé de l'accueil, à six mois de la retraite, sourit en écoutant l'histoire d'Éric. Il trouva dans un tiroir deux bonbons pour les enfants et prit son téléphone.

– Bonjour Marie-Clotilde. Tu me disais tout à l'heure que tu cherchais un chauffeur pour le délégué. J'ai un candidat qui pourrait t'intéresser. Il est accompagné d'un garçon et d'une fille adorables.

Dans le bureau du Premier ministre, Confiant tentait de faire le point.

– À la Sorbonne, la contamination est confirmée. Mais un certain nombre d'étudiants refusent depuis hier après-midi de se soumettre aux tests, nous ne savons pas à quoi nous en tenir au sujet de la propagation. Nous avons fermé les deux banques où il y avait des malades. Là, les employés sont plus dociles. Il semble qu'il y ait plusieurs cas confirmés parmi les cas probables, nous le saurons rapidement. En ce qui concerne les écoles…

– Je ne vous cache pas que l'on est dans l'embarras avec cette histoire de fermetures. Des écoles, des crèches…

– Dans les crèches, il n'y a aucun cas confirmé ni probable. Mais parmi le personnel municipal, certains ont demandé à recevoir un stock de médicaments antiviraux. On a même un syndicat qui suggère que l'enseignement et la petite enfance soient prioritaires pour obtenir le vaccin dès qu'il sera prêt… Il faudra bien commencer la vaccination quelque part, mais si nous créons un précédent, nous prenons un risque.

– L'Intérieur me dit que des manifestations spontanées se forment dans plusieurs quartiers, coupa Strato.

– Le risque de contamination groupée est établi. Il faudrait éviter les réunions de personnes non protégées.

– Vous n'allez tout de même pas me suggérer de faire distribuer des masques aux manifestants ! Nous avons un problème immédiat d'ordre public, Confiant.

– Il y aurait bien une solution, tenta le délégué.

– Oh, je connais vos idées ! l'interrompit Strato. Je me souviens des suggestions farfelues que vous aviez formulées lorsque l'on édifiait le plan de lutte contre la grippe aviaire. Occupez-vous de la santé, et tâchez de fournir une image claire de l'épidémie. Je vous appellerai si j'ai besoin de vous.

Confiant savait être modeste quand il le fallait, et faire le dos rond quand cela était nécessaire. Face à la détermination du Premier ministre, il se drapa discrètement de son habituel complexe de supériorité. *Qu'il s'énerve*, pensa-t-il, *qu'il s'agite, peu m'importe. Il avoue déjà qu'il aura besoin de moi… Je n'ai qu'à faire patienter un peu mon amour-propre.*

Il sortait de l'hôtel Matignon quand le portier l'interpella pour lui demander s'il avait vu Marie-Clotilde : elle avait une bonne nouvelle pour lui, il aurait un véhicule dès le lendemain. Confiant releva la tête et redressa le buste. Il remonta la rue de Varenne avec légèreté. Alors qu'il arrivait au coin de la rue du Bac, une femme qui traversait la rue, téléphone portable à l'oreille, s'arrêta au milieu de la chaussée, ébauchant de grands gestes. Un livreur en scooter klaxonna, mais elle n'entendait rien. Confiant observait. Le livreur, cherchant à l'éviter, donna un coup de guidon alors qu'elle faisait demi-tour. Le deux-roues se renversa, glissa sur quelques mètres, et la femme, tout à sa conversation, continua son chemin. Elle disait :

– C'est comme dans *Pierre et le loup*. À force de crier « Grippe, grippe ! » à tout va, plus personne n'entendra l'alerte quand la maladie arrivera vraiment.

Confiant se dirigea vers le garçon et l'aida à se relever. Il remit le scooter d'aplomb et inspecta les dégâts avec lui, ne rechignant pas à donner quelques conseils mécaniques sur le mélange huile-essence et l'entretien des freins. Le livreur écoutait avec intérêt. Il demanda :

– Vous aussi, vous êtes en deux-roues ?

Confiant eut un sourire satisfait.

– Non, j'ai un chauffeur. Je vous offre un verre ?

Le jeune homme s'excusa, il était pressé. Il serra la main de Confiant et repartit. Depuis le matin, les grossistes-répartiteurs de banlieue distribuant les médicaments aux officines parisiennes redoublaient d'inventivité pour effectuer leurs livraisons. On avait abandonné les camionnettes habituelles au profit de livreurs express, habitués à déposer leurs colis urgents dans toutes les situations.

Le livreur fut arrêté par un cordon de CRS trois cents mètres avant la place de la République. Du bruit, des sifflets, des slogans indistincts arrivaient jusqu'à lui. Il ne se laissa pas émouvoir par l'agitation. Il avait grandi dans une ferme et se souciait peu de la contestation et de la grève. La vérité était dans la nature : une vache n'attendait pas pour se faire traire que l'on ait résolu la question de la politique agricole commune. Le jeune homme se gara et sortit deux cartons de son coffre. À pied, il pouvait traverser les rangs de CRS sans avoir à se justifier. La place était remplie d'une foule dense, sans banderole, sans ordre. Par moments, on lançait un vivat qui durait quelques secondes avant de retomber. On réclamait la réouverture des lignes de métro fermées, on critiquait le pouvoir, on qualifiait la grippe d'épouvantail, on brûlait des masques par-ci par-là. Le livreur, considérant les manifestants avec défiance, s'éloigna des groupes les plus bruyants.

La pharmacie avait fermé ses portes. Il jeta un coup d'œil à l'intérieur. Deux employés en blouse discutaient, lumières éteintes, au fond de l'officine. Il sonna à l'interphone installé pour les jours de garde et expliqua la raison de sa visite. On vint lui ouvrir alors qu'une rumeur, légère d'abord, se formant comme une vague, s'amplifiait progressivement. Dans l'encadrement de la porte vitrée, le garçon et le pharmacien se tournèrent d'un seul mouvement vers la foule. De l'autre côté, à deux cents mètres, les gendarmes chargeaient, posément, inéluctablement. Les manifestants des premiers rangs reculaient, formant une onde lente mais massive. Le spectacle passionnait le livreur. Il le comparait mentalement à un large troupeau en transhumance, oscillant entre sa propre volonté collective et la direction donnée par le berger.

– Ne restez pas là ! Entrez ou sortez, mais dépêchez-vous !

Le garçon se retourna vers le pharmacien qui criait. C'était déjà trop tard. Anticipant le mouvement, les manifestants les plus proches décidèrent de se réfugier dans la pharmacie. Ils bousculèrent le livreur qui se fit entraîner à l'intérieur, au milieu d'une vingtaine de jeunes qui rigolaient, profitant de l'occasion pour remplir leurs poches de préservatifs ou de tubes de vitamine C posés sur le comptoir. Dans la pagaille, le jeune homme avait laissé tomber les cartons qui s'étaient ouverts. Le pharmacien, qui tentait avec son collègue de repousser ceux qui venaient d'entrer, vit se répandre les boîtes de médicaments. C'était du Tamiflu. Selon le plan pandémique prévu, on distribuait aux officines un stock permettant de faire face aux premières demandes. Depuis que l'on parlait de la grippe, le nom de l'antiviral était connu. Certains manifestants qui, quelques minutes avant, refusaient de croire à la maladie, considérèrent le remède avec curiosité. L'un en attrapa plusieurs boîtes qu'il mit dans ses poches. Il fut suivi par un deuxième, puis par tous ceux qui étaient là. Le livreur les aperçut. C'était son travail que l'on spoliait.

– Arrêtez-les ! cria-t-il.

Le pharmacien arriva et bouscula un jeune voleur, puis un autre avant d'être pris à parti par le reste de la foule. Il se débattait en balançant des coups-de-poing au hasard. La bagarre devenait générale. Le livreur se dégagea de la cohue et parvint à la porte. Il interpella :

– Par ici ! Ils vont mettre la pharmacie à sac !

Quatre CRS entrèrent. Ils faisaient face à vingt personnes désarmées, mais convaincues de la justesse de leur cause. Les coups de matraque tombèrent, violents et sans appel. Les jeunes hors d'état de nuire étaient jetés dehors, comme des sacs de riz balancés sur le quai par des dockers. Le livreur assistait à la scène de l'extérieur, avec une curiosité de spectateur de cinéma. La hargne était sans fioritures mais efficace, on aurait plutôt dit du Kassovitz que du Scorcese. Il n'était pas le seul à voir ces images. À quelques mètres, un camion de télévision venait de se garer. Le caméraman filmait la scène. Par le truchement des *breaking news*, les heurts étaient retransmis en direct sur les chaînes nationales et récupérés dans les minutes suivantes par les télévisions internationales.

Le livreur fut interviewé quelques instants plus tard, alors qu'il quittait les lieux. C'était la première fois qu'il passait à la télévision, et la chaîne qui l'interrogeait était celle que ses parents regardaient le soir. Il fut un bon client pour le journaliste, parlant avec gestes et émotion. On coupa beaucoup, mais on garda une phrase-clé :

– Ça a commencé quand ils ont vu le Tamiflu dans la pharmacie, tout le monde en voulait.

Au *20 heures* ce soir-là, Rutila parla des émeutes de la grippe.

La rue de Seine avait été calme toute la journée. Pas une voiture ne circulait. De loin en loin, un cycliste profitant de la légère descente vers le fleuve laissait filer son vélo en roue libre. Sur le pas de la porte de la galerie *62*, le propriétaire regardait les passants, guettant les signes d'un événement quelconque. Sur son téléphone portable, les informations défilaient, lui dressant l'image abstraite d'un Paris en soulèvement, alors qu'il avait devant les yeux le portrait banal d'une ville endormie, comme sait l'être la capitale en plein mois d'août.

Une sirène de police retentit vers le boulevard. Ses sens se réveillèrent d'un coup, et il courut à son bureau pour attraper un vieux Reflex dont il venait de changer la pellicule avant de reprendre son poste sur le bord du trottoir. Rien ne vint. En maniaque de la photographie, il se rattachait à une idée fixe : il suffisait d'une seule photo pour se faire connaître. Il attendait l'instant de pied ferme, depuis trente ans. Il en avait cinquante-deux, ce qui était un bon âge, pensait-il, pour enfin obtenir la reconnaissance qu'il méritait. Il saurait déjouer les pièges de la célébrité qui vous massacrent un homme trop jeune ou trop impatient. Il accueillerait les éloges avec sagesse et pragmatisme. Enfin, mieux que n'importe quel autre, il saurait garder la tête froide et conserverait sa galerie où il recevrait les journalistes. Racontant un jour l'histoire de son succès, il parlerait en termes mesurés de l'absurdité de la médiatisation, du poids du hasard dans la carrière et du regret qu'il aurait de ne pas être resté un anonyme, artisan consciencieux de l'art photographique au fond de son échoppe. Arrivé là dans ses divagations, il alla remettre dans un soupir l'appareil sur le bureau, s'assit et ne tarda pas à piquer du nez.

Les clochettes de la porte d'entrée le tirèrent d'un rêve. Il était reporter-photographe dans une ville mythique, Babylone ou Sodome, qui succombait suite à un cataclysme. Jeanne entra. Il eut un sursaut, de ceux que l'on a quand, à demi-endormi, croyant tomber, on s'écrase dans un spasme inutile sur le matelas. Il attrapa son appareil pour se donner une contenance et fit mine de le vérifier. Comme elle détaillait sur le mur des tirages de photographes américains des années 1920 et 1930, il put à loisir considérer la jeune femme. Il avait chaud.

– Vous a-t-on déjà dit que vous aviez un dos photogénique ? hasarda-t-il.

Sans bouger le corps, elle tourna la tête et offrit un sourire un peu suffisant. La garce ! Son trois-quarts était encore meilleur. Avec vingt ans de moins, il aurait fermé la boutique pour lui offrir un verre. S'il avait eu un fils, il l'aurait sommé de l'épouser. Si son appartement, au-dessus, avait été rangé… Un homme entra. *Son père ou son amant ?* pensa-t-il. *C'est bien ma veine, si je ne peux même pas être tranquille avec une cliente.* Le nouvel arrivé, en costume et les mains dans les poches, les ignorait tous les deux.

Jeanne regardait sur le mur un cliché en noir et blanc représentant, vue d'en haut, une large salle de cinquante mètres par vingt où des centaines de lits étaient alignés. Les murs et la charpente en bois lui donnaient une impression exotique. Les hommes couchés là ainsi que les médecins et les infirmières portaient pour la plupart des masques blancs. Ceux qui n'en avaient pas souriaient. Au premier plan, un type paraissait plus mal en point. La lumière entrant par des fenêtres régulières surexposait tout ce qu'il y avait de clair, draps, blouses et certains visages, couvrant l'ensemble d'une étrange atmosphère de béatitude.

– Quelle époque ? demanda Jeanne sans détourner les yeux de l'image.

– Ah, celle-ci… Je viens de la ressortir. Elle est d'actualité. Il semble que ce soit pendant l'épidémie de 1918, aux États-Unis. La grippe espagnole. Tirage étonnant, très pâle. C'est un original. On pourrait croire à un travail documentaire, mais l'atmosphère est si particulière que je considère que c'est une photo d'art.

Jeanne se taisait, détaillant les visages qui ne semblaient pas touchés par la souffrance. Des cocardes au fond de la salle ajoutaient encore à la bizarrerie, comme si l'on avait à la hâte posé des lits et des malades dans une salle de bal. Le client s'était approché et regardait la photo au-dessus de l'épaule de Jeanne, à une distance polie. Le tenancier du lieu s'impatienta de cette présence inopportune. Il demanda s'il pouvait l'aider. L'homme, comprenant certainement qu'il dérangeait, lui sourit, sans se déplacer pour autant. Le galeriste tenta de se concentrer sur Jeanne, s'enfonçant, hors de la bienséance élémentaire, dans l'observation attentive de son visage.

– Vous a-t-on déjà proposé de faire des photos, Mademoiselle ? lança-t-il à mi-voix.

S'entendant parler, il se reprocha immédiatement sa phrase. *Un vieux en imper à la sortie du collège, voilà ce que je suis.* Jeanne n'avait pas réagi. L'homme s'immisça.

– Combien en demandez-vous ?

Le vendeur recula jusqu'à son bureau.

– Je vous demande pardon, monsieur ?

– Cette photographie ancienne, combien ?

– Je vous prie de m'excuser, mais la jeune femme la regardait, je ne voudrais pas que vous subtilisiez une pièce qu'elle aurait désirée.

– Combien ? demanda Jeanne.

Elle n'avait pas encore jeté un œil sur le nouveau venu, mais savait, par habitude, qu'il devait avoir environ quarante-cinq ans, qu'il était bien vêtu et ne portait pas de lunettes.

– Eh bien, deux mille. Vous êtes ensemble ?

Jeanne attendait ce genre d'invite pour pouvoir observer le client à son aise. Elle le regarda, descendit jusqu'à ses chaussures et remonta doucement.

– Non… fit-elle.

– Je la prends, dit l'homme.

Elle ne l'avait toujours pas quitté du regard. Le photographe, ayant le sentiment désagréable d'être en trop, essaya de temporiser la vente.

– Mademoiselle…

– Laissez, dit Jeanne. Monsieur semble sûr de son choix.

– Je la vends nue. Mais si vous voulez, monsieur, j'ai, derrière, des encadrements qui conviendraient. Souhaitez-vous en voir quelques-uns ?

Le marchand sentait que la jeune femme était aussi curieuse de la photographie que de l'acheteur. Frustré, il s'enfonçait dans des manigances et une obséquiosité de boutiquier.

– Je la prends telle qu'elle est, répondit l'homme calmement. Votre prix sera le mien.

Jeanne riait intérieurement en écoutant ce dialogue suranné. Les deux coqs qui l'entouraient semblaient mener un combat d'une autre époque. Elle se serait bien vue, sortant de la galerie, projetée dans le Casablanca des années 1940 où l'on portait la baïonnette et le bermuda de Vichy devant les palais, et dans lequel Paris représentait l'ultime souvenir romantique. Bref, elle frémissait déjà. Elle restait hébétée devant le marchand qui emballait et l'homme qui réglait. Elle trouva enfin la ressource de sortir sans un mot, fuyant la transaction qui avait cassé l'ambiance du duel des mâles pour la belle.

La lumière dans la rue n'était pas marocaine, et ses bottes lui faisaient mal. Des hélicoptères de l'armée qui survolaient Paris achevèrent de taillader son rêve. Elle était bien de l'époque du *speed-dating* et de la guerre propre, et non de celle des échappées en zone libre et des idylles parisiennes. Une main se posa sur son épaule. L'homme lui tendait la photographie, en lui disant qu'il l'avait achetée pour elle.

– Nous n'avons pas été présentés, monsieur.

– Je vous prie de m'excuser, Mademoiselle. Jean-Baptiste Confiant.

– Jeanne Apollinaire, dit-elle en attrapant le colis sans façon.

– Oui, répondit-il, je pense que je vous ai déjà vue. Vous êtes mannequin, n'est-ce pas ?

De sa porte, le photographe avait suivi le dialogue sans saisir les répliques. *Une honte si j'avais osé lui offrir ça,* pensa-t-il. *Si maintenant, on drague avec des images d'hôpital, je n'ai plus qu'à remballer tous mes Doisneau. Et voilà qu'elle le traîne au café, maintenant. Bon Dieu, je vieillis. Je ne comprends plus rien aux femmes.*

Jeanne avait commandé un martini sans glace avec une rondelle de citron vert et une paille, pour se donner un genre, et s'était trouvée un peu ridicule quand Confiant avait demandé un expresso, d'autant qu'il l'avait bu d'un trait alors qu'elle avalait doucement l'alcool. *Il doit penser que je fais traîner. J'aurais peut-être été mieux inspirée de refuser son cadeau.*

Ils étaient seuls dans le bar. Derrière le comptoir, le patron sortait chaque bouteille et l'essuyait avant de la remettre en place tout en les observant. Confiant tapotait sa petite cuillère sur la table, nerveusement. Il vérifia son portable. Jeanne devait trouver quelque chose à dire.

– Je pars à Milan demain matin, je défile pour une collection de l'été prochain.

Quelle cruche, s'insulta-t-elle aussitôt. *Il fait une mine étrange. Il me prend pour une frimeuse*. Elle ajouta rapidement :

– Parlons de vous. Dites-moi qui vous êtes.

Le portable de Confiant sonna. Voyant d'où venait l'appel, il parut ravi. Il s'excusa et alla à l'autre bout de la salle pour parler, face à la rue. Jeanne tournait la paille dans son verre, regardant en coin le dos de l'homme. Il était parfaitement statique, alors qu'elle-même se savait incapable de rester en place lorsqu'elle téléphonait. *Ce n'est pas sa femme,* pensa-t-elle en devinant le sérieux de la conversation. Il revint à grands pas et prit congé sans sommation. Jeanne ne comprenait plus qui il pouvait être ni ce qu'il cherchait. Elle avalait rapidement la fin de son martini en le regardant partir quand, subitement, il fit demi-tour.

– Je n'ai pas pris votre téléphone… dit-il.

Elle s'étouffa. Elle avait gobé le citron avec le liquide. Confiant lui tendit le verre d'eau auquel il n'avait pas touché. Elle but, tenta de retrouver et son calme et son numéro qu'elle nota sur le carnet qu'il lui montrait. La dernière chose qu'elle aperçut avant qu'il ne le reprenne fut l'en-tête : « Bureau du Premier ministre ». Ayant désormais de quoi nourrir son imagination, elle retourna dans son appartement sans faire attention au paysage singulier du boulevard. Une file de véhicules militaires y était stationnée, donnant à la rue un air de coup d'État.

Le matin suivant, elle se leva à 7 heures. Son avion partait à 10 h 30. Face à son lit, la photographie des malades posant pour la postérité occupait le mur blanc. Elle prépara ses affaires, rêveuse, toutes ses pensées tournées vers Jean-Baptiste Confiant. Elle pensait qu'il devait être un secrétaire mais espérait, sans se l'avouer, qu'il soit plutôt un conseiller obscur, chargé de missions discrètes et risquées pour le compte de l'État. Cette idée en faisait un héros moderne et solitaire, mystérieux par devoir, et susceptible de goûter les affres de l'injustice institutionnelle au moindre faux pas. Jeanne avait une attirance presque malsaine pour l'intérêt supérieur de la Nation capable de supprimer ses citoyens pour des raisons troubles. Elle regardait, par exemple, les vestiges du communisme avec l'œil indulgent de celui qui visite des ruines et prête à leur existence passée une grandeur, une magnificence qu'elles n'ont jamais eue.

Jeanne en était là de ses rêveries quand elle fourra une paire de Converse et une autre de Louboutin dans son sac, et prit son portable pour appeler un taxi. Le numéro était en dérangement. Elle essaya une autre compagnie. Le réseau était saturé. Le principe de réalité lui gâchait son moment. Mais il n'était après tout que 8 heures, elle pouvait bien trouver un taxi sur le boulevard ou même prendre le métro puis le bus pour l'aéroport. Elle descendit les six étages. Dans le silence complet de l'immeuble, ses talons claquaient sur les marches en bois. La lumière passant par les fenêtres de l'escalier dessinait ces dernières en clair-obscur sur le mur. Avec l'odeur de cire et le froid du matin, l'ambiance était ecclésiastique. Jeanne, le visage fardé, le manteau s'ouvrant à chaque pas sur une jupe fendue et des bas sophistiqués, ressentait ce plaisir de profanatrice qui la prenait à chaque fois qu'elle partait travailler.

Elle ouvrit la porte et avança vers le bord du trottoir. Quelque chose clochait. Les sons n'étaient pas les mêmes que d'habitude. Elle regarda au loin vers la droite. Les véhicules de l'armée arrivés la veille étaient toujours là. Des groupes de six hommes circulaient sur les trottoirs. Ils n'étaient pas différents de ceux qu'elle avait l'habitude de croiser dans les aéroports français, mais leur nombre détonnait. Dans son champ de vision, elle compta huit patrouilles de militaires. Quelques voitures passaient, roulant lentement. Pas de coup de klaxon, pas d'embouteillage. Jeanne posa son sac à terre et ferma le col de son manteau. Quelque chose lui échappait. La ville, ce matin, semblait figée. De l'autre côté du boulevard, une famille, paralysée comme elle, regardait de tous les côtés. Le père était en costume, la mère en tailleur et les deux enfants portaient leur cartable sur le dos. On aurait dit qu'ils avaient été téléportés ici, dans une ville qu'ils ne connaissaient pas. Aucun taxi n'était en vue. Elle remonta la rue pour aller vers le métro. Mis à part le décor qui était bien celui de la capitale, elle ne reconnaissait rien. Paris était calme comme Barcelone à l'heure de la sieste. Jeanne émit des hypothèses, mais elle ne pouvait détourner ses pensées de cette idée : dans la nuit, une troupe étrangère avait envahi la ville. Des soldats passèrent à sa hauteur, concentrés, tendus et totalement indifférents. Même si c'était stupide, elle vérifia le drapeau sur l'épaulette. C'étaient des Français. Il devait pourtant bien se passer quelque chose. Elle arriva face à la station Odéon et commença à descendre les marches. Les grilles étaient fermées, sans un mot d'explication. Cela devenait absurde. Elle entra dans un café. Personne n'était assis. Devant le comptoir, une dizaine de clients discutaient, sur un ton confidentiel. Tous faisaient des têtes de déclaration de guerre. Le patron, derrière le bar, se permettait même de fumer. Jeanne l'interpella.

– Savez-vous pourquoi il n'y a pas de métro ?

Le patron lui tendit un café qu'elle n'avait pas demandé. Au bout de sa cigarette, une longue cendre pendait, qui tomba quand il ouvrit la bouche. Il chercha un cendrier qu'il ne trouva pas et jeta la cigarette dans l'évier en répondant.

– Il n'y a plus de transports depuis ce matin. Tout s'arrête. Je ne sais même pas combien de temps je vais pouvoir rester ouvert.

Jeanne le considéra en silence. Il était visiblement paniqué.

– Mais pourquoi ? insista-t-elle.

Un client, à sa gauche, avait sa tasse à la main et tremblait légèrement. Il se tourna vers elle au ralenti et dit, assez bas.

– C'est reparti, Mademoiselle, et ce n'est que le début. On n'a pas fini d'en voir, si vous voulez mon avis.

– Mais quoi, à la fin ? s'impatienta Jeanne.

– Vous n'avez pas entendu ? Ils ont fermé Paris.

De l'autre bout du comptoir, un homme qui ne disait rien ferma le journal qu'il était en train de lire et le fit glisser jusqu'à Jeanne. En haut, on pouvait lire : « Grippe : Paris à l'ère virale ». Une photo de la place de la République parsemée des traces de la manifestation de la veille et encadrée par l'armée illustrait le titre. Une légende expliquait que la quarantaine avait été déclarée depuis le matin. En bas, une demi-page était entourée d'un cadre noir. Le gouvernement y détaillait ses mesures exceptionnelles. Jeanne lut en buvant machinalement son café. Tout le monde s'était tu et attendait sa réaction.

– Mais je dois prendre l'avion, dit-elle. Comment je peux faire pour aller à l'aéroport ?

Personne ne pensa même à rire. On lui répondit simplement, avec douceur et résignation :

– C'est fini tout ça, Mademoiselle. Maintenant, il va falloir rester ici.

– Bon, répondit-elle, merci.

Une sorte de calme souverain la submergeait brusquement, la dispensant de toute réflexion. Elle s'étonna qu'il soit si agréable de ne plus rien pouvoir décider.

5

On avait réveillé Éric en pleine nuit pour qu'il se rende en urgence à Matignon. Il n'imaginait pas commencer aussi rapidement. Il avait bien sûr répondu qu'il arrivait le plus vite possible, avant de se souvenir que ses enfants dormaient dans la chambre d'à côté.

– Nous avons un service de garderie pour les employés de la maison. Vous pouvez venir avec eux.

Éric était d'une humeur formidable en enfilant son plus beau costume noir. Les enfants, sensibles à son optimisme et ravis d'être debout en pleine nuit, entouraient leur père d'une farandole de questions. Où allaient-ils ? Qui rencontreraient-ils ? Combien de temps resteraient-ils ? Et surtout, que ferait-il, lui ?

– Je vais être chauffeur officiel pour le Premier ministre et les gens avec qui il travaille.

– Tu vas voir le président ? demanda sa fille.

– Non, répondit-il, ravi de parler des sommets politiques comme s'il en était désormais dans les petits secrets. Tu sais, le président habite ailleurs. Moi, je serai avec le gouvernement, les conseillers, le cabinet de Strato…

Il ne savait pas quoi ajouter. Il n'avait en fait aucune idée concrète de ce qui l'attendait. Son fils vint à son secours.

– Tout le monde s'en fout du président, on ne le voit pas. C'est pas lui qui commande, c'est le Premier ministre.

À 8 ans, il était déjà un lecteur assidu des blogs d'information et possédait un certain talent de synthèse.

– Ton frère n'a pas tort, reprit Éric, mais désormais, il ne faut plus parler comme ça. Vous me promettez tous les deux d'être sages quand vous serez là-bas, d'éviter les gros mots et de ne dire de mal de personne ?

– Juré papa ! C'est comme quand il faut pas répéter ce que maman dit de toi !

Éric se demanda ce que son ex-femme pouvait raconter quand elle avait les enfants. Il eut envie de relever la remarque, mais préféra finalement laisser couler. Sa nouvelle position l'élevait dorénavant au-dessus de certaines mesquineries dont il ne voulait plus s'occuper. Les enfants emportèrent un livre chacun – un jouet ou une peluche ne correspondaient pas à l'idée qu'Éric se faisait de Matignon – et ils sortirent.

À 3 heures du matin, ils arpentaient les rues avec un plaisir et une curiosité identiques à ceux qu'ils auraient ressentis dans une ville étrangère. Les enfants interrogeaient leur père à propos des monuments et des boutiques. Il leur répondait avec une verve qui ne lui était pas habituelle. Quand ils arrivèrent à l'hôtel Matignon, ils se dirigèrent tous les trois vers l'office comme de grands habitués. Éric dit au revoir à ses enfants en leur promettant de raconter ce qu'il aurait fait. On lui présenta sa nouvelle voiture, une berline noire aux vitres teintées, dont il fallut mémoriser les fonctionnalités de climatisation, de navigation et de régulateur de vitesse. Réprimant un sourire, il pensait à James Bond et se prit, regardant la Rolex au poignet du chef des chauffeurs, à espérer qu'on lui offre une montre précieuse qui fasse caméra et dictaphone. On lui donna seulement un badge et une casquette, en l'informant qu'il ferait les essayages de sa tenue le lendemain. Il s'assit enfin au volant et se retrouva seul, dans la cour et dans l'obscurité, à attendre sa première course. Il se sentait incroyablement bien. *Me voici enfin à ma place*, pensa-t-il.

Confiant téléphonait quand il entra dans la voiture. Il ne dit que trois mots au chauffeur : « À l'Élysée. » Éric démarra, sortit de la cour et roula avec application. Le délégué poursuivait au téléphone la discussion qu'il avait commencée avec Strato en face-à-face. Il évoquait un ordre à faire signer, demanda à deux reprises s'« il » était déjà averti de la décision, puis finit par raccrocher. Éric, qui arrivait sur la place de la Concorde, s'éclaircit la voix.

– Je vous prie de m'excuser, Monsieur, je suis nouveau. Pourriez-vous m'indiquer l'entrée du palais de l'Élysée à laquelle je dois me présenter ?

Confiant jeta un regard dans le rétroviseur intérieur pour apercevoir les yeux de son interlocuteur. Ce qu'il y lut de discrétion et d'assurance combinées lui plut. Et puis, il avait envie de parler. Il indiqua la route et demanda le prénom du chauffeur, avant d'enchaîner.

– Éric, que pensez-vous du président Dhiers ?

– Je ne sais trop quoi dire.

– Je ne vous prends pas en traître. Sachez que c'est un homme que j'apprécie. Je voudrais savoir, selon vous, quel individu il est.

– C'est un homme à l'ancienne.

Éric avait l'instinct diplomate. Il ne forçait pas son imagination pour trouver ce genre de réponses pleines d'à-propos qui l'avaient toujours aidé devant ses supérieurs hiérarchiques.

– Savez-vous à quoi me fait penser cette expression ? lui demanda Confiant en souriant. Au marketing alimentaire. Moutarde à l'ancienne, purée à l'ancienne… Et qu'aiment les hommes à l'ancienne, selon vous ?

– On sait qu'il a perdu sa femme récemment et qu'il est peu impliqué dans la vie politique depuis le début de son second quinquennat. Ce sont deux points communs avec le roi d'Espagne. Il est possible qu'ils aient des goûts similaires.

– Je connais un peu le président. Je pense que vous l'avez assez bien cerné.

La voiture arriva à un portail discret de la propriété présidentielle. On demanda à Éric de montrer son badge et de décliner l'identité de son passager. Il ne savait quoi répondre. Confiant se présenta puis s'excusa auprès du chauffeur de ne pas avoir pris le temps de lui expliquer qui il était.

– Attendez-moi ici, je n'en aurai pas pour longtemps.

Le délégué sortit, fit quelques mètres puis revint vers le chauffeur qui baissa sa vitre.

– Éric, connaissez-vous les goûts du roi d'Espagne ?

– Non.

Éric devait trouver quelque chose à dire.

– Je suppose qu'il aime ses enfants.

– Banal, trancha Confiant.

– Son jardin, les animaux…

– Bonne idée. J'ai craint que vous ne me parliez de corrida. Vous êtes un individu surprenant, savez-vous ?

Dans sa salle de bains privée, le président se peignait. Pendant que son secrétaire lui faisait la lecture du plan d'urgence qu'il devait approuver dans l'heure, il maudissait mentalement les robinets qui fuyaient. Il avait découvert neuf ans plus tôt, en arrivant à son poste, que certains appartements de l'Élysée, dont le sien, étaient équipés de robinetterie en or massif. Sans en faire de publicité, il avait fait retirer la plomberie précieuse pour l'offrir à un chef d'État moyen-oriental qui avait le goût de ce genre de détails, en échange de la conclusion d'un contrat aéronautique. L'or avait fini dans un jet privé, et la nouvelle robinetterie de l'Élysée, au bout de trois ans, avait montré des signes de faiblesse. Depuis lors, Dhiers trempait son peigne sous le goutte-à-goutte au lieu d'utiliser sa laque : le gaspillage de l'eau l'insupportait.

– Souhaitez-vous que je vous relise l'ensemble une nouvelle fois, Monsieur le Président ?

Dhiers se retourna vers son secrétaire qui refrénait un bâillement. Il était à peine 4 heures du matin. Il eut pitié du pauvre homme.

– Non, laissez. De toute manière, je ne dois apposer qu'une signature cosmétique. Ce que je pense de leurs décisions n'intéresse personne. Je ne me souviens plus si vous m'avez dit que monsieur Strato se déplace lui-même…

– Il s'excuse, Monsieur le Président, et vous demande de réserver le meilleur accueil au délégué interministériel de lutte contre la grippe.

– Vous parlez de monsieur Confiant comme d'un inconnu. Sachez que c'est moi qui l'ai nommé à son poste, avant même que le Premier ministre actuel ne fasse son apparition dans notre paysage.

Dhiers scruta son interlocuteur.

– Allez donc vous recoucher, maintenant, vous me faites de la peine avec vos yeux qui se ferment. Vous allez finir par m'être soporifique. Comprenez bien, pourtant, que ce pourrait être salutaire quand on pense à mes insomnies.

On entendit des pas dans le couloir. Le secrétaire sortit et revint annoncer que tout était prêt. Le président Dhiers, alors, se redressa devant sa glace, leva légèrement le menton et s'arma d'un sourire sérieux. La fatigue et l'âge disparurent d'un coup.

– Voilà, dit-il.

Même sa voix se transformait. Comme un acteur, il rajeunissait à chaque fois qu'il se savait regardé.

L'entrevue avec le délégué fut chaleureuse, et elle aurait été sans surprise si elle ne s'était terminée d'une manière originale. Confiant, refermant le parapheur, voulait s'autoriser une « démarche personnelle », selon ses propres mots. Il aurait aimé offrir un couple de cygnes noirs pour les jardins de l'Élysée, et souhaitait savoir si cela plairait au président. Dhiers eut quelques secondes de réflexion avant d'accepter. Il fit de nouveau réveiller son secrétaire sous prétexte de raccompagner le délégué à sa voiture, puis l'appela.

– Allez vous recoucher, ne vous en faites pas pour moi, je vais trouver de quoi m'occuper. Puis-je simplement vous demander de faire donner les lumières du jardin ? Je vais m'y promener quelques instants.

Cinq minutes plus tard, le président déambulait dans le parc. Il tâchait de se représenter les oiseaux dans le jardin. *Je n'étais pas convaincu par le choix du noir,* pensa-t-il, *mais je crois que le résultat peut être esthétiquement frappant. Ce Confiant m'a tout de suite plu. Je savais qu'il avait une certaine conscience esthétique. Des cygnes noirs ! Y aurais-je jamais pensé moi-même ?*

La déclaration de quarantaine eut l'effet d'un coup de maillet asséné sur la tête des Parisiens. Le premier jour, on fut assommé. Le lendemain, on se réveilla et on voulut savoir qui avait frappé, et pourquoi. La police, au début, n'avait pas eu grand-chose d'autre à faire que de surveiller des sortes de morts-vivants errant dans les rues, qui ne savaient plus s'il fallait aller travailler ou pas, ni ce que l'on pouvait faire des enfants maintenant que toutes les écoles étaient fermées. Dans le doute, on écoutait la radio et la télévision. Des messages préenregistrés diffusés à répétition assuraient que tout était sous contrôle et que les mesures prises permettraient de circonscrire aussi rapidement que possible la maladie. Certains journalistes s'étonnèrent, mais aucun ne dénonça ouvertement la décision du gouvernement. Les chiffres et les annonces officielles pleuvaient : en deux jours, l'ensemble des Parisiens apprit l'état du stock de masques, d'antiviraux, et savait que tout était prévu pour éviter les pénuries de nourriture. Le mardi soir, néanmoins, les supermarchés de la capitale étaient vides et les placards remplis comme au début d'une guerre.

L'armée, quant à elle, était principalement réquisitionnée à la sortie de la ville. À 2 heures du matin, on avait coupé le périphérique. Jusqu'à 5 heures, on avait dressé des barrières et installé des guérites de surveillance en préfabriqué tous les cent mètres. À 6 heures, instant officiel de la déclaration de quarantaine, les trente-cinq portes de Paris furent hermétiquement fermées par des blocs de béton et des parois métalliques assemblées.

La liberté n'a de consistance que lorsqu'on l'éprouve et, tant que personne ne tenta véritablement de quitter la ville, on ne se rendit pas compte de la contrainte inédite à laquelle la capitale était soumise. Il fallut attendre les premiers incidents pour comprendre que l'on était entré dans une nouvelle ère. Ils eurent lieu le mercredi soir, et celle qui en fut à l'origine – la conjointe de l'agent immobilier décédé – leur donna un retentissement particulier. Eva était, depuis la mort de son ami, hospitalisée à Necker. Elle avait la nouvelle grippe, avec peu de symptômes et aucune complication. Assignée à résidence dans l'hôpital, elle avait accepté son sort avec une certaine résignation jusqu'à ce qu'elle soit informée de la quarantaine. Être enfermée dans une chambre ne la dérangeait pas – elle aimait que l'on prenne soin d'elle –, mais savoir qu'elle ne pouvait pas quitter la ville lui était insupportable.

Elle était d'origine russe et fille d'un militaire du centre spatial Titov, près de Moscou. Elle avait donc grandi à Golitsyno-2, qui ridiculisait par son histoire et ses anecdotes les plus grands romans d'espionnage. La localité avait abrité, depuis sa création, le lieu de contrôle de tous les satellites militaires et civils soviétiques, ainsi qu'un des postes de lancement des missiles nucléaires. La ville était une cité des étoiles et, d'ailleurs, n'apparaissait sur aucune carte jusqu'au début du XXIe siècle. Pour des raisons de sûreté, elle était fermée. Un métro secret la desservait et, de quatre points de sécurité, certains officiels accrédités pouvaient y entrer. Ces postes de garde étaient plutôt tranquilles. Le père d'Eva en savait quelque chose. Soldat, il avait passé toute sa vie professionnelle à garder le troisième *checkpoint*. Il avait noté l'entrée et la sortie d'une dizaine de gens les jours les plus fréquentés. Parfois, il s'était passé une semaine sans que personne ne se montre. Lorsqu'il avait pris son poste en 1973, il avait emmené sa famille à Golitsyno-2. Eva y était née en 1986. Jusqu'à ses 18 ans, personne ne lui avait expliqué qu'il existait des villes dont on pouvait sortir, et elle s'était satisfaite de ces six modestes kilomètres carrés, du seul cinéma, des avenues bordées de bâtiments à quinze étages, tous identiques, et du boulevard Komsomolskii où elle avait fumé ses premières cigarettes. Son père et sa mère n'avaient jamais eu envie de quitter les lieux, et l'auraient-ils eue qu'ils n'auraient pas pu l'assouvir, car ils n'avaient pas de permis de sortie. La vie de la famille avait été calme jusqu'à la visite des présidents russes et français en avril 2004. Pour la première fois, un chef d'état étranger avait foulé le sol golitsynien, et le monde en avait profité pour découvrir l'existence de la ville et son emplacement sur la carte. Eva, comme toute la jeunesse, avait hissé ce jour-là son drapeau russe le long du boulevard pour former une haie d'honneur. Le printemps avait été clément et le Français, quelques cheveux au vent dans une voiture décapotable, avait fait forte impression sur la sensibilité licencieuse de la jeune fille. Elle avait déclaré le soir même à son père qu'elle aurait aimé naître en France.

– Pourquoi ? lui avait demandé le militaire.

– Parce que j'aurais appartenu à une de leurs villes, plutôt qu'à Golitsyno.

Tout aurait pu s'arrêter là si les parents d'Eva avaient été moins attentifs au bonheur de leur fille unique. Des rumeurs avaient commencé à naître, évoquant l'assouplissement de l'attribution des permis de sortie. Le père d'Eva y avait cru, et sa force de conviction avait été telle qu'un an plus tard, il offrait à sa fille le droit de sortir, un passeport avec un visa français ainsi qu'un billet d'avion pour Paris. Eva avait fait une moue dubitative, semblable à celle d'un ours devant du miel en pot.

– Mais papa, je ne peux pas partir. Je n'ai pas le droit.

– Avec ce papier, tu peux.

Eva n'avait rien répondu. Elle n'y avait pas cru. Quand ses parents l'avaient emmenée jusqu'au poste de garde, elle était persuadée que les collègues de son père aviseraient son permis et lui opposeraient un refus catégorique. Mais il n'en avait rien été. On l'avait saluée, on l'avait charriée sur la France, un soldat lui avait fait répéter l'expression « l'amour à la française » et, enfin, elle avait passé la barrière. Deux kilomètres la séparaient du bus qui l'emmènerait à l'aéroport de Moscou. Elle s'était retournée une seule fois, apercevant ses parents coupés au niveau du ventre par la barrière rouge et blanc. En une demi-heure de marche lente, elle avait refait mentalement le chemin de son enfance, déconstruisant tout ce qui lui avait fait croire qu'elle vivrait et mourrait à Golitsyno : elle avait annihilé l'école, les chants partisans de la ville, ses amours et ses fantasmes locaux, jusqu'à la nourriture et les plats qu'elle adorait. Quand le bus avait commencé à rouler, elle avait su que ni la route, ni aucun de ces arbres, ni le ciel russe ne la reverraient. Elle avait exterminé son passé d'enfermement.

Tout en France lui avait paru simple. La procédure d'obtention de la carte de séjour, longue et ardue, était passée presque inaperçue. Elle avait su dire ce que l'on attendait qu'elle dise et faire ce qu'elle n'avait pas le droit de faire, mais discrètement. Pleine de ressource, elle n'avait jamais mis tous ses œufs dans le même panier. Alors qu'elle habitait avec l'agent immobilier, elle avait entamé une aventure avec Rod, un ambulancier. Lorsqu'elle était entrée à l'hôpital Necker après le décès de son compagnon, son amant lui avait rendu des visites régulières.

C'est par lui qu'elle apprit, le mardi matin, que la ville était en quarantaine. Eva fit répéter la nouvelle, qui lui paraissait monstrueuse.

– Paris est fermé, plus le droit de sortir…

– Mais on est en France, pourquoi faire une chose pareille ? dit-elle.

– À cause de la grippe. Il n'y a pas un seul cas ailleurs. On s'occupe de l'épidémie ici, et on préserve les autres. C'est une idée qui se défend.

– C'est pour enfermer la population, *full stop*. O.K. pour les autres, *not for me*.

Eva avait la colère anglophone et la détermination soviétique ; elle persistait jusqu'à l'échec, attendant le miracle, mais sans y croire.

– On s'en va demain, conclut-elle.

Elle échafauda un plan d'une extrême simplicité. Ils prendraient place tous deux dans l'ambulance, elle à l'arrière, Rod au volant, ils se présenteraient à une porte et argueraient d'une greffe cœur-poumons à réaliser à Roubaix. Eva avait entendu parler de greffe à la radio la veille, c'était un signe. Rod regardait, ébahi, la jeune fille dérouler son scénario et se prit à croire à une escapade romantique. Il était amoureux. Il prépara de faux papiers de transfert en scannant ceux qui lui passaient dans les mains chaque jour, prépara sa valise et vint chercher Eva le mercredi à 22 h 30. La Russe s'habilla en civil, mit deux oreillers sous ses draps et descendit. Cinq minutes plus tard, elle s'installa sur le brancard, et l'ambulance démarra dans l'indifférence du personnel de l'hôpital.

Ils traversèrent Paris à vitesse constante, le gyrophare bleu les dispensant de s'arrêter aux feux. Ils discutaient et rigolaient. Eva éternua trois fois et finit par mettre un masque sur l'insistance du conducteur. Les forces de l'ordre qui patrouillaient ne s'étonnaient pas du véhicule sanitaire qui se mariait parfaitement avec l'époque et les circonstances.

Rod avait suggéré qu'ils partent au Touquet. Ils arrivèrent vers la porte de la Chapelle un peu avant 23 heures. Ils aperçurent alors le dispositif installé sur le périphérique, les guérites, les lumières violentes, la fermeture de tous les accès par des blocs de béton, les véhicules de l'armée et les militaires à pied. L'ambulance ralentit, prit le boulevard extérieur sur la gauche et longea ce qui était devenu le nouveau mur d'enceinte de la capitale. Ils roulèrent ainsi en silence pendant plusieurs kilomètres le long de l'Ouest parisien, constatant que chaque porte de la ville était, de la même manière, hermétiquement close. Eva jura en russe. L'ambulancier commençait à prendre peur, mais n'osait rien dire. Ils arrivèrent enfin à la porte d'Orléans, où régnait une activité particulière. Sans le savoir, ils avaient trouvé le point d'accès du ravitaillement. Des camions de l'armée transportaient vers le cœur de Paris les vivres déchargés de semi-remorques venant de tout le pays.

– Là ! dit Eva en indiquant la file de véhicules.

– Mais comment ?

– Roule, on verra.

Partout où l'on regardait, on ne voyait que des uniformes. Eva n'aurait pas cru cela possible en France. Elle dissimulait son angoisse en donnant des ordres.

– Mets la sirène. Engage-toi entre deux camions. C'est une urgence. Pense à la greffe. Arrête la sirène maintenant. Colle le type devant.

L'ambulance était coincée entre deux poids lourds de l'armée de terre et avançait doucement vers la sortie. On sentait déjà qu'une routine s'était installée dans le ballet des véhicules. La file progressait doucement, sans heurts.

– Arrête le gyrophare. Discret !

Ils passèrent devant ce qui devait être le poste de contrôle. Des hommes casqués, main sur le fusil d'assaut, discutaient. L'ambulancier se rappela ses souvenirs de vacances au Mexique, quand il était arrivé dans la région séparatiste du Chiapas et que l'armée vérifiait chaque taxi et chaque bus de voyageurs. Il serra davantage le pare-chocs qui le précédait et garda ses yeux fixés vers l'avant, dans le vague, comme lorsqu'à l'école il voulait éviter d'être interrogé. Ils passèrent. Eva sentait son cœur, sa respiration, sa sueur. Ses pensées s'étaient arrêtées, elle n'était plus qu'un corps. Si elle était arrivée à l'hôpital de Roubaix à l'instant même, elle aurait juré de bonne foi qu'elle se présentait pour une greffe dont sa vie dépendait. Rod, sans bouger la tête, tourna les yeux vers son rétroviseur. Il ne vit pas l'officier qui tapa brusquement sur le capot en hurlant de stopper le véhicule. L'ambulance cala. Dans la voiture, on avait arrêté de respirer.

– Qu'est-ce que vous foutez là ? hurla l'homme.

L'ambulancier descendit la vitre.

– On va au CHU de Roubaix, bredouilla-t-il en tendant les formulaires de transfert. Elle doit subir une opération.

Le militaire passa la tête et regarda Eva.

– Pourquoi a-t-elle un masque ? Elle a la grippe ?

Eva avait oublié qu'elle l'avait enfilé. Dehors, des sifflets retentirent. On se plaignait de l'arrêt du convoi.

– Rangez-vous sur le côté.

L'homme sortit un talkie-walkie et dit des mots que Rod ne comprit pas. Eva cria.

– Prends à droite, sur le trottoir. Fonce !

Tétanisé, l'ambulancier obéit. Eva remit le gyrophare et la sirène en route. Ils filaient au hasard. Une patrouille apparut en face d'eux.

– Accélère ! hurla Eva.

Le groupe était coincé entre un mur d'immeuble d'un côté et la file de camions de l'autre. Rod ferma les yeux et sentit qu'il heurtait quelque chose. Quand il les rouvrit, du sang couvrait le pare-brise. Devant, la route se dégageait.

– Prends l'entrée de l'autoroute à droite, dit Eva.

Il ne réfléchissait plus, il n'entendait plus rien. Il fonçait, tout droit. Des tirs éclatèrent et fracassèrent la vitre arrière. Il tourna la tête. Eva s'était effondrée. Il voulut toucher son visage. À pleine vitesse, l'ambulance s'écrasa contre la vitrine d'un magasin. Le conducteur fut légèrement blessé. Eva, elle, était morte avant l'impact.

Il n'était pas encore minuit. Les riverains étaient nombreux à observer et à photographier de leur proche banlieue le mur de la quarantaine et la valse des camions. Plusieurs dizaines avaient vu l'ambulance se faire mitrailler. L'un d'eux avait filmé la scène avec son téléphone portable. Dans les minutes qui suivirent, la vidéo circulait sur Internet. Eva et son amant venaient de conférer à la fermeture de Paris la dimension dramatique qui sied à un événement extraordinaire.

On avait tardé à enterrer l'agent immobilier. Après avoir hésité à lui offrir des funérailles nationales à Notre-Dame, on s'était finalement accordés sur une cérémonie à la Madeleine le samedi après-midi. Le Premier ministre Strato s'y montrerait en compagnie du président Dhiers, en symbole d'union nationale face à l'adversité.

Les unes des journaux devaient annoncer, le jeudi matin, l'horaire et le lieu de la célébration. Le hasard de l'actualité fit qu'Eva partagea les premières pages avec son ancien conjoint. Même si le gouvernement s'était opposé à la publicité faite autour de l' « incident » de la porte d'Orléans, les rédactions n'avaient pu éviter de mentionner ce que presque tout le monde savait déjà. L'affaire était tout de même minimisée. On parlait d'une « tragique méprise » ayant entraîné la mort de deux personnes, sans évoquer la tentative d'évasion, et on rappelait que les évacuations pour raisons médicales étaient permises, mais avaient lieu uniquement par hélicoptère, un service ayant été mis en place depuis l'héliport de Balard. En somme, on noyait le poisson. Tout aurait pu s'arrêter là si un internaute, ami du couple, n'avait révélé le lien existant entre Eva et Sébastien Nadard. L'homme avait raconté l'histoire avec talent et approximation, et les deux malheureux étaient devenus les Roméo et Juliette du XXIe siècle, séparés par la nationalité et la clandestinité, puis réunis par la maladie et la mort. L'auteur demandait donc qu'ils soient inhumés ensemble. Le récit était original, émouvant, court et illustré de quelques images romantiques du couple. Il circula si bien qu'une pétition pour l'enterrement des conjoints commença dès le jeudi après-midi à recevoir des signatures. Le vendredi matin, une manifestation organisée par SMS se tint devant l'église de la Madeleine. Toute réunion de personnes étant interdite depuis le début de la quarantaine, elle fut dispersée énergiquement. Grâce aux téléphones portables, elle se reforma une heure plus tard, dans le sixième arrondissement, devant l'agence immobilière, puis à l'entrée de la rue de Varenne, près de l'hôtel Matignon. Les policiers finirent par procéder à des arrestations en masse. Mais ils se retrouvèrent dans l'embarras face à ces individus portant des masques sanitaires, qu'ils ne pouvaient donc pas reconnaître d'une manifestation à l'autre, et qui déclaraient en outre qu'ils étaient là par hasard. Le phénomène, pour les participants, avait en même temps des allures de défi ludique, de *happening* et de catharsis romantique. À chaque nouveau rassemblement, les gens étaient plus nombreux. L'événement touchait une majorité de jeunes, dont beaucoup de mineurs qui n'avaient plus de cours à suivre depuis que les lycées avaient fermé leurs portes.

À 18 heures, après une journée de cache-cache dans la ville, on arriva à la porte d'Orléans. Dans une sorte d'aboutissement de la revendication, le mot d'ordre était de se coucher par terre et de ne plus bouger, quoi qu'il arrive. On était prêt « à mourir avec les amoureux s'il le fallait ».

Le Premier ministre, informé du phénomène à midi, avait déclaré au préfet qu'il avait d'autres chats à fouetter. L'OMS le pressait de se justifier sur la mise en place de la quarantaine, craignant que la France, pour en arriver à une telle extrémité, n'ait connaissance d'éléments plus alarmants que ceux qu'elle avait déjà partagés avec la communauté internationale. Il maintenait qu'il s'agissait d'affaires intérieures et tentait de jouer la montre. Ses arguments n'étaient pas seulement sanitaires et il préférait garder ses raisons pour lui.

Lorsque l'on vint lui expliquer à 18 h 15 ce qu'il se passait à la porte d'Orléans, il sortait du point ministériel quotidien. La question des funérailles communes y avait été abordée par le ministre de la Ville et rejetée violemment par la ministre de la Défense : passe encore que l'on taise, pour des raisons de maintien du calme, les trois militaires blessés grièvement lors de la collision avec l'ambulance, mais que l'on rende un honneur national à une délinquante étrangère, c'était impossible. Ce type de considération laissait Strato de marbre. Autre chose l'inquiétait. Le blocage de l'accès à la nourriture transitant par la porte d'Orléans, ne serait-ce que pour quelques heures, signait la mise en danger de toute l'organisation de la quarantaine, à l'équilibre encore incertain. Et même si ce n'était alors qu'une menace lointaine, il savait que les révoltes les plus explosives de l'Histoire cachaient toujours un problème de ravitaillement ou de famine.

– Et voilà que les Parisiens se couchent, maintenant ! Combien sont-ils ? demanda Strato à l'adjoint du préfet qui attendait les ordres.

– On estime qu'il y a quinze mille personnes, et il en arrive encore.

Strato songea à la puissance visuelle d'un tel pseudo-cimetière à ciel ouvert. Il interpella la ministre de la Défense.

– Si on arrête plusieurs milliers de personnes, est-ce que tu saurais quoi en faire ?

Une lumière s'alluma dans les yeux de la femme.

– J'ai un projet dans mes cartons. On ne serait même pas obligés de les sortir de la ville.

Confiant, qui était à deux pas, écoutait la conversation. Il connaissait le personnage : première femme générale cinq étoiles en France, une main de fer dans un gant d'acier, frustrée d'avoir toujours été tenue à l'écart des zones de conflit par pur machisme résiduel de l'armée.

– J'ai une autre idée, dit le conseiller alors qu'il n'en avait pas.

– Je n'en doute pas, répondit Strato. Vous en avez toujours, des idées.

Confiant cherchait ce qui pourrait donner le change. Il avait les mains dans les poches et jouait machinalement avec son carnet personnel. Il pensa au numéro de téléphone récupéré quelques jours plus tôt, avant que la quarantaine ne le lui fasse oublier.

– Un médiateur, une femme, jeune, très belle. Elle pourrait leur parler.

Il avait éveillé l'intérêt de Strato. La ministre, par contre, prenait son intervention comme une évidente atteinte personnelle à son âge et son physique.

– C'est là toute votre idée ? demanda-t-elle.

– Laissez-moi deux heures, insista Confiant.

Le Premier ministre avait l'imaginaire facile. Il pensait déjà à la liberté guidant le peuple sur les barricades, en version mince et Lolita. Il souriait. La ministre toussa. C'était une amie de longue date qui, à une époque révolue, s'était abandonnée fougueusement à lui. Il reprit son sérieux.

– Une heure, Confiant, pas plus.

Le délégué courait déjà vers la cour de l'hôtel Matignon. Strato s'adressa à la ministre :

– Tu ne pensais quand même pas à ta vieille histoire du Champ-de-Mars ?

Elle esquissa un demi-rictus qui lui déforma considérablement le visage.

– Bon, bon… dit Strato en regardant sa montre. Tu dois savoir ce que tu fais. Tu pourras intervenir à 19 h 30. À 22 heures, tout doit être revenu à la normale à la porte d'Orléans.

Avant même de monter dans sa voiture, Confiant avait eu le temps d'appeler Jeanne et de lui demander, sans introduction, son adresse. Il claqua des doigts sur le perron. Éric, qui commençait à connaître son patron, démarra et le prit au vol.

– 148, boulevard Saint-Germain, le plus vite possible.

Le délégué continuait sa discussion au téléphone, exigeant de Jeanne qu'elle descende immédiatement, lui demandant si elle avait suivi l'affaire des manifestations et lui expliquant en quelques mots qu'elle était capable d'éviter une situation pouvant dégénérer. Trois minutes plus tard, Jeanne montait dans le véhicule. Éric la reconnut aussitôt. Confiant poursuivit :

– Ce sont principalement des jeunes. Quel âge avez-vous ? lâcha-t-il, abrupt.

– Vingt-trois ans.

– Très bien. Savez-vous parler en public ?

– J'ai été déléguée de classe.

– Parfait.

– Écoutez, je ne suis pas sûre de comprendre ce que vous attendez de moi.

– C'est simple. Il faut que tout le monde ait quitté la place dans une heure.

– Et vous pensez que j'y arriverai ?

– Bien sûr. Ce ne sera pas différent de votre métier. Vous joindrez juste la parole à l'image.

Jeanne ne répondit pas. Après quelques instants, elle demanda :

– Est-ce qu'ils vont être enterrés ensemble ?

– Pardon ? Non, je ne pense pas. On n'arrivera pas, en tout cas, à faire entrer le cercueil de la Russe à la Madeleine.

– On peut toujours trouver autre chose, dit-elle.

Ils arrivaient déjà au bout de l'avenue du général Leclerc. Des véhicules de l'armée et de la police bloquaient le passage. Confiant ouvrit la vitre et s'assit sur la portière à la manière d'un supporter sur une course cycliste. Il brandit sa carte gouvernementale. Les bus anti-émeutes s'écartèrent doucement jusqu'à offrir une vue surréaliste. Sur toute la place de la porte d'Orléans, sur la chaussée, sur le gazon entre les quais du tramway, sur chaque morceau de trottoir, et même dans les escaliers descendant aux bouches du métro fermé était allongée une mer humaine, mosaïque de vêtements et de visages tournés silencieusement vers le ciel. Le soleil se couchait. Confiant était bouche bée. Jeanne demanda un porte-voix qu'il lui récupéra auprès des CRS, puis défit ses chaussures et partit vers la foule allongée.

– Mais que faites-vous ? demanda-t-il.

– Je ne vais quand même pas leur parler d'ici, du côté des flics.

Elle avança, pieds nus, au milieu des manifestants. Le sol, réchauffé par les corps posés épaules contre jambes, têtes contre hanches, n'était pas froid. Elle glissait à chaque pas ses orteils entre les membres qui s'écartaient doucement pour les laisser se poser. Sa robe longue frôlait des visages avec douceur, et elle disait quelques mots de salut à chaque mètre parcouru. Elle n'avait pas l'impression de s'adresser à des centaines ou des milliers de personnes, mais à une seule masse organique, compacte, vivante. Elle arriva enfin devant une statue qu'elle escalada. Il était plus de 19 heures. À cent mètres de là, Confiant demanda à ce que l'on dirige des spots vers elle.

Jeanne commença par saluer la foule, la félicitant pour son engagement et s'avouant émue par la beauté de l'événement. Puis, elle prononça les mots de désobéissance civile, Commune, résistance, lutte. L'heure filait. Il faisait sombre. Les visages, comme un champ de tournesols, se tournaient vers une Jeanne illuminée. Confiant notait mentalement le discours que la jeune femme déroulait avec émotion. Il monta sur le toit de sa voiture pour voir l'avenue d'où ils étaient arrivés. Des cars pénitentiaires arrivaient par dizaines, appuyés par une véritable troupe de fantassins. Il prit peur. Il attendit une courte pause à la fin d'une phrase de Jeanne pour crier :

– C'est l'heure !

Jeanne comprit. Elle enchaîna.

– Écoutez-moi ! Grâce à vous, les amoureux ne seront pas séparés. Vous avez obtenu qu'ils soient réunis dans la même tombe.

Elle hésita un instant sur le symbole qu'elle allait employer puis se lança.

– Ils vont être enterrés près de Marie Duplessis, la dame aux camélias d'Alexandre Dumas fils, la Traviata de l'opéra de Verdi. Vous pourrez leur rendre visite au cimetière de Montmartre dès dimanche.

Jeanne s'était laissée porter par son propre discours. Comme un gamin qui fait une dernière grimace en quittant la scène, elle eut une ultime audace.

– Et ici même, dans un an, sera érigé un mémorial dédié au souvenir de ce premier *lay-down*.

La tombe à Montmartre avait fait son effet sur la foule. Le mémorial l'avait définitivement galvanisée. Des applaudissements commencèrent à monter. Confiant riait intérieurement du naturel de celle qu'il considérait désormais comme sa jeune recrue. Derrière lui, les policiers et les militaires attendaient les ordres.

– Maintenant, nous allons nous lever et quitter la porte d'Orléans, qui restera un lieu de soulèvement pacifique. Il est temps de rentrer calmement chez nous.

Les applaudissements cessèrent aussi doucement qu'ils avaient débuté. Jeanne posa le porte-voix, descendit de son piédestal et tendit la main pour aider les premières personnes à se relever. De proche en proche, la foule se redressait et commençait à la suivre. Confiant fit écarter les véhicules et les hommes armés pour laisser le passage à son Moïse féminin.

– Je vais rentrer à pied, dit-elle en passant à sa hauteur. Appelez-moi demain.

Il était plus de 20 heures quand le mouvement finit de se dissiper. Il restait un millier de jeunes joyeux, plaisantant, décidés à finir la soirée sur cette place devenue mythique à leurs yeux. C'est à ce moment-là que Strato donna par téléphone l'ordre de libérer l'endroit. Il jugeait que la période de tolérance avait assez duré.

Les forces de l'ordre refermèrent entièrement le quartier, bloquant chaque rue qui aurait permis aux manifestants de fuir, et commencèrent à avancer doucement. Tous les retardataires furent poussés vers le mur érigé le long du périphérique et ramassés sans heurts ni violence. Confiant observa quelque temps ce retour à la réalité avant de rentrer à Matignon. La ministre de la Défense, en haut de l'avenue du, compta les bus qui s'étaient remplis. À 21 h 30, elle appela Strato.

– Ça y est, dit-elle. La porte est libérée. On avait prévu large, on n'en a arrêté finalement que mille deux cents. Le camp du Champ-de-Mars va sembler vide. Quoi qu'il en soit, il devrait commencer à être opérationnel dès demain.

Les bus furent garés devant l'École militaire. Les moteurs continuèrent à tourner. Les détenus eurent la surprise de se voir servir une soupe à leur siège vers 23 heures avant d'être invités à dormir. Ils furent bercés par un bruit continu de masses et de marteaux. Des ombres de bâtiments en bois montaient doucement devant la tour Eiffel.

6

À la suite de cette soirée, Jeanne avait été nommée, sous l'insistance de Jean-Baptiste Confiant, ambassadrice de la lutte contre la grippe. Elle avait accepté, encore rêveuse de son premier succès populaire et déjà dépendante de l'émotion qu'elle avait ressentie face à la foule. On ne lui avait rien dit des arrestations. Les détenus du Champ-de-Mars étaient officiellement présentés comme des pillards, de la racaille urbaine qui avait profité de l'annonce de la quarantaine et de la fermeture de certains commerces pour faire son marché.

Depuis un mois qu'il vivait là, Noé avait vu se joindre à ses mille deux cents camarades de la porte d'Orléans un certain nombre de délinquants jugés dans l'urgence, et que l'on ne transférait plus dans les prisons de la banlieue. Personne ne savait exactement combien ils étaient mais, depuis leur arrivée, l'organisation avait changé. Noé observait et s'adaptait. Il était habitué.

L'année précédente, alors qu'il avait juste 13 ans, il avait passé un contrat avec sa mère avocate : elle lui louait un deux-pièces avenue Montaigne à condition qu'il la laisse mener sa vie comme elle l'entendait. Un virement mensuel sur son compte lui permettait de se débrouiller avec sa carte de retrait. Il avait promis de poursuivre sa scolarité – il avait deux ans d'avance – sans qu'elle n'ait à s'en soucier.

Son père, joueur de poker professionnel, avait depuis longtemps quitté le foyer et la France. Il vivait de ses gains sur des paquebots de croisière dont il ne quittait pas le casino. À chaque escale, il envoyait une carte à son fils avec le relevé d'un compte en Suisse qu'il créditait à son attention, et dont le montant serait disponible à ses 18 ans. Il affirmait lui verser vingt-cinq pour cent de tout ce qu'il récoltait. En réalité, c'était à peine dix. Cet homme, qui n'avait de comptes à rendre qu'à lui-même, mentait par déformation professionnelle.

Le bluff était héréditaire : Noé, censé faire parvenir à sa mère ses bulletins de notes trimestriels, avait préparé deux ans de faux certificats que le fils de la concierge mettait dans la boîte aux lettres aux bonnes dates. Noé rêvait de partir rejoindre son père pour vivre avec lui, et il voulait pouvoir le faire à tout moment. Il attendait les cartes postales que sa mère lui transmettait et il avait toujours un sac prêt, avec un passeport personnel et une fausse autorisation parentale.

La mère n'était pas en reste concernant les manigances, mais dans un style différent. Elle respectait à sa façon le contrat passé avec son fils – un papier réellement rédigé et signé par eux deux –, mais ne lui avait trouvé qu'une loge de concierge comme appartement. Il y avait réellement deux pièces pour un total de treize mètres carrés et demi. Elle économisait ainsi pour son shopping, effectué dans la rue même où son fils résidait. Noé était coutumier des astuces de sa mère. Mais, habitué à une chambre qui à elle seule faisait plus du double de son nouvel appartement, il avait mal vécu sa mise à l'étroit. Il avait trouvé deux refuges : la lecture quand il était chez lui, et la participation à tous les événements revendicatifs dont il avait connaissance quand il était dehors. En un an, il avait réussi son passage en première de justesse, lu tous les auteurs français majeurs du XIXe siècle, et renoncé trois fois à partir voir son paternel aux Émirats arabes unis, en Turquie et en Chine. Ces trois pays, à son sens, ne respectaient pas les droits humains. Il attendait de recevoir des nouvelles d'un territoire civilisé pour s'y rendre. En réalité, il était mort de peur à l'idée de se retrouver seul dans un pays dont il ne connaissait pas la langue.

Quand il était arrivé dans le camp du Champ-de-Mars, il avait pensé à faire appeler sa mère, puis il avait eu honte. Ici, il avait vite compris qu'il aurait l'occasion de livrer son témoignage sur le système judiciaire en temps de crise. Il notait chaque jour dans sa mémoire les petits et les grands faits : échange de corvées ménagères, marché noir de nourriture, impossibilité de recourir à un avocat… Seul l'encadrement sanitaire était indiscutable. Une visite médicale hebdomadaire était imposée et les malades de la grippe étaient sortis pour être soignés ailleurs.

Pour le reste, il se délectait de chaque détail contraignant et le consignait patiemment pour pouvoir, un jour, publier un grand « denoncimenta » du Champ-de-Mars. C'était un mot qu'il avait trouvé tout seul et qui lui plaisait. Il se le répétait quand les circonstances étaient difficiles.

Vers la fin du mois d'octobre, après une semaine d'averses violentes, on déplora la première contamination collective de grippe dans le camp, malgré les masques et les antiviraux distribués généreusement. De la même manière qu'avec les quelques cas isolés qui avaient précédé, le directeur avait fait évacuer les malades vers l'extérieur pour qu'ils soient pris en charge par des centres spécialisés. Strato, qui observait Jeanne et s'en amusait depuis qu'elle apparaissait régulièrement à Matignon, suggéra à Confiant de l'envoyer faire un discours au Champ-de-Mars.

Jeanne s'était plongée dans son nouveau rôle avec la conviction d'une novice arrivant au couvent. Jean-Baptiste Confiant, lorsqu'il l'avait invitée à Matignon pour lui proposer le poste, avait joué sur la corde morale. Il avait toutefois été subtil, ne parlant ni de devoir national ni de service rendu pour l'intérêt supérieur de l'État. Son discours s'était limité à l'apaisement et à la conciliation citoyenne. Elle serait même invitée à informer les instances républicaines de ce qu'elle aurait vu du terrain, afin que la politique menée soit en accord avec la réalité vécue. Jeanne frémissait d'une ambition altruiste, presque caritative. Son intérêt personnel semblait annihilé. Elle embrassait la cause générale avec une volonté sans bornes et le sentiment d'être capable de tout. Elle découvrait la politique avec la naïveté d'un enfant à qui l'on présente la religion et qui se déclare naturellement déiste.

Sa nomination honorifique fut annoncée au *20 heures* le jour de l'enterrement de l'agent immobilier. Rutila avait ouvert son journal par la nouvelle mesure rendant obligatoire le port du masque dans les lieux publics, puis avait fait se succéder les images de la Madeleine en plein recueillement médiatique et celles du visage de Jeanne, radieux, souriant, aimant. Le contraste entre les personnalités masquées à l'église et la jeune femme riante et ouverte fonctionnait. Le présentateur était ravi. Il craignait juste que les téléspectateurs aient des difficultés à s'identifier à tant de beauté.

Durant un mois, Jeanne fut de tous les combats. Il n'y eut pas un nouveau malade de la grippe qu'elle ne visita, pas une inhumation de victime qu'elle ne manqua. La grippe l'aida un peu, étant moins sévère que ce que l'on redoutait. En trente jours de quarantaine, on ne déplora que 834 contaminations et 13 décès. Jeanne rendait visite aux malades dans les structures intermédiaires. Ces préfabriqués, répartis à différents endroits de la capitale, relayaient les hôpitaux pour la prise en charge des personnes infectées en évitant ainsi les risques de contamination des patients non grippés. On y trouvait toujours une grande salle commune dans laquelle elle pouvait faire le tour des lits en étant suivie caméra à l'épaule. Elle avait développé un talent particulier pour adresser quelques mots chaque fois différents aux personnes alitées. Elle n'hésitait pas non plus à poser la main sur une épaule et à se pencher vers les personnes âgées, leur glissant une confidence à l'oreille. Et tout cela sans forfanterie ou maquillage excessif, avec des changements d'humeur, grave un jour, légère le suivant, et toujours adorable. Rutila la trouvait parfaite d'éloquence et se demandait où elle avait pu apprendre à être si exactement naturelle et sincère. Jeanne, pour sa part, ne se posait aucune question. Rentrant chez elle le soir, souvent après une apparition au journal, elle observait la photographie que Confiant lui avait achetée le mois précédent et souriait en se disant que dans une centaine d'années, elle serait peut-être sur une image qui trônerait dans un salon comme celui-ci. Elle était heureuse. Puis elle se couchait et la fatigue l'empêchait de regretter qu'il n'y ait personne allongé près d'elle.

Jeanne voyait Jean-Baptiste Confiant chaque jour. Une secrétaire organisait son emploi du temps d'ambassadrice de la lutte et le délégué le validait. Lorsque la demande de visite au Champ-de-Mars arriva sur son bureau, Confiant l'accepta avant même d'en parler à la jeune femme. Il lui présenta le changement de planning avec légèreté, expliquant que ça la distrairait de ses visites habituelles dans les structures intermédiaires.

– Mais j'avais un enterrement prévu en début d'après-midi, dit-elle.

– Il arrivera bien un jour où vous ne pourrez plus vous rendre à chaque cérémonie.

Le sourire disparut du visage de la jeune femme. Confiant comprit qu'il avait parlé trop vite. Il se reprit aussitôt.

– Nous allons faire décaler l'inhumation. Ils vous attendront un moment.

Puis, sentant qu'il ne manquait plus qu'une goutte de sentimentalisme sanitaire pour faire déborder le vase de sa compassion, il ajouta :

– Vous savez, Jeanne, les détenus du Champ-de-Mars ont besoin de vous. Quoi qu'ils aient fait, ils ne passent pas là-bas une quarantaine plus facile que dans le reste de la ville. Et il y a autre chose. Certains d'entre eux viennent d'être diagnostiqués positifs au virus, alors que le Tamiflu, par considération pour les conditions particulières du camp, y est distribué largement. On craint une aggravation de l'épidémie. Des rumeurs circulent. Vous pourrez les écouter et les comprendre.

Bizarrement, Jeanne s'était habituée à son quotidien et imaginait que l'épidémie poursuivrait son petit travail de fond sans remous ni effet de manche, laissant la population et elle-même s'installer dans ce nouvel équilibre mis en place depuis quelques semaines. L'échéancier de la maladie était d'ailleurs tout arrêté, le gouvernement ayant déclaré que le vaccin serait disponible dans deux mois. On y mixerait même le nouveau virus avec celui de la grippe saisonnière et une souche de grippe aviaire : dans le doute, il valait mieux prendre ses précautions. Mais en écoutant le délégué, Jeanne prenait conscience que tout ne serait peut-être pas si simple.

Elle était pensive dans la voiture officielle qui la conduisait au Champ-de-Mars. Éric, au volant, ne lui avait encore jamais adressé la parole. Il regardait souvent la jeune femme à la télévision et ce qu'elle dégageait d'accessible tenait pour lui du mystère et remettait en cause sa théorie du fossé entre les puissants et les autres. *Elle me plaît, voilà tout !* songeait-il souvent pour expliquer son paradoxe. Ce jour-là, pourtant, c'était différent. Elle était triste. Éric ne lui avait jamais vu cette expression. Il en était gêné comme de sa propre peine, et ne pouvait pas rester muet.

– Je pense qu'à votre place, j'appréhenderais moi aussi d'entrer sur le Champ-de-Mars. On n'en connaît rien, mais on suppose beaucoup.

Éric faisait allusion aux journaux satiriques qui avaient utilisé l'expression « Guantanamo à la française ». Jeanne sortit de ses songes soucieux.

– Il ne doit rien se passer de bien terrible à l'ombre de la tour Eiffel, répondit-elle.

Elle avait encore à l'esprit l'image du Paris des Lumières, et oubliait avec indulgence les travers du pays de la guillotine. Et même si elle avait forcé son objectivité, il lui aurait été difficile de cracher dans la main qui lui fournissait gîte et couverts d'argent depuis un mois, car si elle n'était pas officiellement rémunérée, toutes ses dépenses étaient prises en charge avec la largesse d'une Françafrique de la plus glorieuse période. Elle changea de sujet presque sans s'en rendre compte.

– Vous êtes marié, Éric ?

Il se sentit rougir. Cette jeune femme était vraiment déconcertante. Il jeta un coup d'œil dans son rétroviseur intérieur. Jeanne était impassible. Elle avait peut-être posé cette question par hasard.

– Séparé, dit-il, j'ai deux enfants.

– Toutes les écoles sont fermées. Votre ex-femme s'occupe d'eux ?

– Non. Elle était partie en vacances quand la quarantaine a été déclarée. Elle aurait pu demander à regagner Paris pour raisons familiales, mais je lui ai dit qu'elle n'y était pas obligée. Elle leur parle par webcam. En attendant, elle habite à Cassis. Elle est amoureuse. Un centre d'accueil est prévu pour les enfants des employés de Matignon. Ils y passent la journée, suivent leurs cours à la télévision et révisent sur Internet, et je m'occupe d'eux le soir. En fait, je les vois plus qu'avant. Finalement, cette grippe est peut-être un mal pour un bien.

Jeanne essayait d'imaginer comment une mère pouvait laisser ses enfants dans une ville fermée, malade, sans ressentir l'impérieuse nécessité de les rejoindre.

– À moi aussi, la grippe est favorable, reprit-elle en pensant à son ancien métier qui lui semblait maintenant insipide.

– Je vous attends ici, dit Éric en arrêtant la voiture devant l'entrée principale du camp. Nous irons directement à l'enterrement après.

Jeanne n'était pas encore passée devant le camp et, même si on l'évoquait régulièrement à la télévision, aucune image n'était diffusée. Cela ne ressemblait pas du tout à ce qu'elle avait imaginé : pas de béton, pas de barbelés, seulement des pieux en bois. On aurait presque dit l'installation temporaire d'un pavillon de l'exposition universelle. Elle se présenta au poste de garde. Le directeur l'attendait. *Fichtre,* se dit-il, *elle est encore plus belle qu'au 20 heures.* Sa tenue, davantage que son physique, émoustillait son émotivité de colonel. Elle avait passé un treillis, des bottes de surplus qui lui restaient de son adolescence, et une veste kaki d'un créateur sud-américain que l'homme, inculte en haute-couture, prenait pour une pièce d'uniforme étranger. Il avait vu, plusieurs années auparavant, dans certains carrés d'officier, des photos d'Angelina Jolie en mission humanitaire. L'image qu'il avait devant ses yeux les surpassait sans peine. Lui qui était d'habitude efficace comme un sanglier à la charge devint bavard comme une poule après la ponte. Il expliqua la double palissade à la romaine, entièrement montée et assemblée à la main en une nuit. Les armées de César, précisa-t-il, étaient capables de bâtir et démonter un camp comme celui-ci chaque jour, mais ce n'était qu'une question d'habitude et d'organisation. Puis il fit l'inventaire des installations : tente d'exercice physique, centre médical, cantine, sanitaires, dortoirs.

Malgré la pluie qui continuait de tomber et les allées boueuses où des planches faisaient office de tapis rouge, tout était strictement propre. Les militaires comme les détenus se présentaient à Jeanne avec politesse et prévenance. Pour terminer, on lui fit saluer toute la hiérarchie, rangée en ligne, dans l'ordre décroissant. La revue des troupes était longue. Elle pensait ne jamais voir le bout des civilités. Arriva enfin le moment de son intervention. L'ensemble du camp se retrouva debout à la cantine. Jeanne monta sur une estrade à une extrémité de la salle et commença à dérouler un discours qu'elle n'avait pas préparé.

Les détenus écoutaient passionnément, massés les uns contre les autres, tous habillés en gris foncé. Les gardiens étaient dispersés sur les abords du groupe, sans arme apparente, et n'étaient pas moins attentifs aux paroles de la jeune femme. L'audience lui étant tout acquise, Jeanne n'avait pas à forcer son talent. Les mots venaient, s'harmonisant autour des idées de confiance, d'espoir et d'engagement, et elle n'entendait quasiment pas ce qu'elle disait. À la fin d'une phrase, un rire se fit entendre, suivi d'un autre, et de ceux de toute l'assemblée. Jeanne avait parlé du retour du printemps, des marguerites qui fleuriraient dans le bourbier des allées et de la quarantaine qui n'aurait plus lieu d'être. Son image poétique s'était posée avec la délicatesse du battement d'ailes d'un colibri sur des cœurs rendus rugueux par l'hiver et l'enfermement. Au lieu de les réchauffer, elle les avait chatouillés, libérant un rire que l'on avait rarement entendu ce dernier mois au pied de la tour Eiffel. Jeanne ne se laissa pas impressionner pour autant et poursuivit dans une veine inattendue. Un jour, bientôt, leur camp deviendrait un sanctuaire de la mémoire épidémique, et serait conservé en l'état pour que l'on se souvienne de la grippe parisienne. Des reconstitutions, avec des faux prisonniers et des faux gardiens, seraient proposées, que l'on ferait visiter aux enfants des écoles de tout le pays, qui se déplaceraient exprès pour voir ce nouveau monument. La tour Eiffel aurait alors pour attrait principal d'offrir une vision d'ensemble sur les installations et un point de vue exceptionnel pour les photos des touristes. Ceux-ci, frustrés d'avoir été privés de Paris pendant la quarantaine, arriveraient en masse pour observer cette spécificité française, de telle sorte que, en quelques années, l'édifice, soumis au poids unilatéral des visiteurs, commencerait à pencher jusqu'à faire une révérence au camp ; le troisième étage et l'antenne finiraient par se poser délicatement sur la pelouse, donnant à la dame de fer des allures de sculpture fondue, à la Salvador Dali ; c'était d'ailleurs dommage que tout cela n'arrive pas dès maintenant, car il suffirait alors aux prisonniers d'escalader la tour penchée par la tête, puis de parcourir toute la structure métallique pour se retrouver libres, en dehors d'un camp qui, tout compte fait, n'aurait d'intérêt que lorsqu'il serait vide de vrais détenus et plein de faux.

Beaucoup n'entendirent pas la fin tant les rires fusaient et rebondissaient d'un bout à l'autre de la tente. Ceux qui écoutèrent, comme le directeur du camp tapi derrière elle et qui buvait ses paroles avec une admiration étonnée, pensèrent que la jeune femme s'était laissé entraîner hors de la raison. Il crut bon de mettre fin à l'exercice oratoire en applaudissant bien fort et en faisant signe au personnel de faire de même. L'astuce fonctionna. Jeanne se tut. Le directeur la regardait du coin de l'œil en se demandant si l'époque n'avait pas accouché d'une Louise Michel, en plus jolie et beaucoup plus drôle. Il la toisait de la même manière qu'il aurait inspecté une arme dangereuse ou un explosif volatil. Il fallait la faire sortir du camp au plus vite. Dans l'euphorie générale, un adolescent sortit des rangs et se présenta devant l'estrade. Il prononça une phrase qu'elle n'entendit pas. Elle s'avança et il lui répéta à l'oreille :

– J'étais à la porte d'Orléans. Vous étiez aussi formidable qu'aujourd'hui. Je voulais juste savoir si les amoureux avaient bien été enterrés à Montmartre.

Jeanne se rendit compte qu'elle n'en savait rien. Mais le jeune homme semblait tant avoir besoin d'une réponse positive qu'elle la lui offrit. Le visage montra une joie angélique, jeune, diaphane.

– J'aurai des choses à révéler quand je sortirai d'ici. Aurez-vous du temps pour moi ?

– Bien sûr.

Il était beau comme un acteur de Pasolini, et certainement aussi peu attiré par elle que le cinéaste l'aurait été. Elle le regardait rêveusement quand le directeur l'interpella en la priant de le suivre. Les gardes, déjà, faisaient évacuer lentement mais fermement la salle.

– Comment t'appelles-tu ? demanda-t-elle au garçon qui s'éloignait.

– Noé !

Jeanne avait en permanence dans la voiture officielle, en plus d'une dizaine de bouquets de fleurs artificielles, un sac de voyage avec plusieurs tenues, ce qui lui permettait d'être habillée comme il le fallait à chacun de ses rendez-vous. D'ordinaire, elle trouvait des toilettes pour se changer. Lorsqu'elle sortit du camp, et alors qu'elle était déjà en retard pour l'enterrement, elle dut improviser.

– Éric, je dois me déshabiller. Si cela vous est possible, évitez de regarder à l'arrière.

Elle se doutait qu'elle imposait une véritable torture au chauffeur, et elle aurait parié qu'il ne pourrait pas tenir ses yeux plus de quelques secondes. Alors qu'elle retirait son manteau, son sweat et son pantalon, elle fixait le rétroviseur pour surprendre un regard indiscret. Rien ne vint.

– J'ai vu un adolescent à l'intérieur du camp, dit-elle. Comment est-ce possible d'enfermer quelqu'un de si jeune avec le reste des détenus ?

– Je ne sais pas, répondit-il, mais vous êtes mieux placée que moi pour vous renseigner.

Il est vexé, pensa Jeanne. *Il vaudrait mieux qu'il jette un petit coup d'œil au lieu de me répondre comme ça.* Elle enfilait une longue robe noire. Elle hésita un instant avant de nouer ses chaussures à talons. *Et si je demandais à Éric de m'aider quand il me déposera, peut-être que ça lui rendrait le sourire ?* Elle soupira. *C'est à toi que ça ferait plaisir, vieille fille.*

La voiture s'engagea sur le boulevard de Clichy et prit à droite, dans une impasse qui menait au cimetière.

– Vous pouvez m'attendre au café, dit Jeanne, je vous appellerai quand ce sera terminé.

Elle chercha machinalement son téléphone dans son sac et ne le trouva pas. Éric, qui s'était retourné, répondit :

– Je n'aime pas les bars. Je ne bouge pas d'ici, prenez votre temps.

Entre les deux piliers de l'entrée, une foule en manteaux noirs, parapluies et chapeaux était parsemée d'individus aux imperméables clairs et équipés d'appareils photos. Ils paraissaient indifférents à leur entourage, comme des termites au milieu d'un consortium de fourmis. Jeanne avança, fleurs à la main. Les termites s'agitèrent en s'avançant vers elle. Les flashs illuminèrent la bruine. La jeune femme faisait mine de les ignorer et commençait déjà à serrer des mains. Elle savait maintenant discerner la famille des amis, les intimes, les proches, puis les désœuvrés qui trouvaient là une occasion de rompre le train-train grippal. Les photographes couvraient de leurs appels les condoléances que Jeanne improvisait avec naturel. Ils recherchaient particulièrement cette image idéale de l'ambassadrice tenant la main gantée d'une femme âgée au visage masqué par un voile de crêpe d'une autre époque, la soulageant, penchée délicatement en avant, de quelque réconfort caressant.

Cette fois-ci, comme les autres, la seule arrivée de Jeanne avait dissipé la pesanteur ambiante en donnant au cimetière un petit air de festival. Seuls les parents, les frères et les sœurs de la victime étaient insensibles à ce spectacle organisé, et la jeune femme eut soin, après deux ou trois minutes de mondanités, d'inviter les photographes à rester en arrière pour respecter leur deuil.

Jeanne était arrivée avec une demi-heure de retard sur l'horaire d'inhumation. Le cercueil avait déjà été amené près du caveau familial, par un caprice impatient du personnel funéraire. On parcourut rapidement les allées pour rattraper ce mort qui avait pris de l'avance. L'ambassadrice ne parvenait pas à sortir de son esprit le garçon du Champ-de-Mars, et elle se surprit à chercher des yeux la tombe de Marie Duplessis. Elle la reconnut au tapis de camélias blancs et rouges qui la recouvrait, à quatre allées de là. Elle la connaissait pour être venue la voir lorsqu'elle s'était installée à Paris. Ce dont elle ne se souvenait plus, c'était ce grand bloc de marbre blanc la surplombant, marqué d'une inscription qu'elle ne parvenait pas à lire. Le cortège continuait sa route ; elle ferait un détour en sortant pour vérifier.

La pluie redoubla alors que l'on descendait le cercueil dans le caveau, et l'on entendait les gouttes épaisses résonner sur le bois de chêne comme des coups frappés sur un tambour vide. La mère du défunt agrippa brusquement le bras de Jeanne, le serra à lui faire mal et s'évanouit. La jeune femme la soutenait comme elle pouvait, demandant de l'aide, quand Éric apparut au bout de l'allée. Elle sut immédiatement que quelque chose n'allait pas. Elle s'excusa pendant que l'on fermait le caveau et le rejoignit. Jean-Baptiste Confiant souhaitait la voir au plus vite.

Elle pataugea dans les allées sans sentir le sol sous ses pieds et monta, trempée, dans la voiture. Elle ne vit rien du parcours jusqu'à Matignon. Elle entra en courant dans le palais et ouvrit, sans frapper, la porte du bureau de Confiant. Il y avait là le ministre de la Santé et Strato. Les deux hommes la saluèrent avec un respect marqué et sortirent immédiatement. Elle ne s'étonnait même pas qu'on l'entoure d'autant d'attentions. Elle se doutait déjà de la teneur de l'annonce quand Confiant déclara :

– Vous aviez oublié votre portable ici tout à l'heure. On vient d'apprendre le décès de votre mère. Le cœur…

Le visage de la jeune femme, décidé et ferme une seconde auparavant, s'arrondit avec lenteur ; tout son masque d'adulte disparut pour laisser place à une mimique d'enfant, ouverte, naïve, ignorante, pleine de questions. Confiant fut désarmé par la petite fille qui apparaissait, qui n'était plus femme, plus belle, plus grande, plus rien de ce qu'il connaissait de Jeanne. Il avait devant lui une marionnette dont on lâchait les fils, une héroïne en carton passée sous une averse et qui ne voulait pas sécher. Elle ouvrit la bouche, mais ne savait plus parler, elle respirait lourdement, sans grâce. Enfin, des larmes apparurent sur ce visage défait et le dévalèrent en rigoles noires. Confiant fut rassuré par cette émotion qui prenait enfin une forme connue. Elle chancelait. Il se dirigea vers elle, la prit dans ses bras et la coucha sur un canapé. Elle ne pesait rien, ne disait rien, ne regardait nulle part. Elle n'était plus qu'une sorte de femme que l'on aurait posée là et oubliée depuis des siècles.

7

Lorsque Jeanne retrouva Confiant trois jours plus tard, l'époque avait changé. Les rues de Paris voyaient apparaître, de-ci de-là, des oiseaux fatigués, aux ailes pendantes et aux plumes ébouriffées. La nouvelle grippe, en plus d'être dans certains cas résistante aux antiviraux, atteignait aussi les volatiles, qui venaient agoniser sous les yeux des passants.

Pendant cette mise en suspens de ses activités officielles, Jeanne avait observé que le nombre de pigeons prenant du repos sur sa verrière diminuait. *Ils doivent se cacher pour mourir*, pensait-elle, enfermée chez elle, ignorant le triste spectacle des volatiles épuisés, aussi lourds que des cormorans mazoutés, errant dans les rues de la capitale.

Elle n'avait pas pu se rendre à l'enterrement de sa mère. Le délégué avait devancé sa demande en lui écrivant une lettre, dans laquelle il expliquait combien il était désolé pour elle. Il l'invitait à se recueillir de loin, comme tous les Parisiens se retrouvant dans la même situation l'avaient fait depuis un mois, et la remerciait pour son engagement aux côtés de ceux qui luttaient. Le ton était froid et impersonnel ; officiel, en somme.

Le lendemain du décès, elle reçut de Lille des appels auxquels elle ne voulut pas répondre. Le jour suivant, elle passa l'après-midi assise sur son lit, à imaginer la cérémonie qui se tenait au même instant à deux cent cinquante kilomètres de là. Y étant rompue depuis un mois, elle connaissait par cœur la succession des étapes funéraires et voyait comme si elle y était les mouvements machinaux des employés, les pas pesants du cortège, les quelques mots bafouillés et la terre lancée sur le cercueil. Jeanne devenait un peu moins légère, un peu plus mûre, comme s'il lui fallait porter un fardeau dont elle était seule à soutenir le poids.

Confiant nota immédiatement le changement qui s'était opéré en elle quand elle entra dans son bureau, et son premier réflexe fut de penser qu'il s'était produit au moment idéal.

– J'ai besoin de vous. Avez-vous entendu parler des comités d'arrondissement ?

Sous cette appellation démodée, presque bolchévique, se cachait un phénomène intemporel, une sorte d'organisme vivace apparaissant par génération spontanée pendant les périodes sombres. Depuis le début de la quarantaine, les rues de la capitale avaient changé d'allure. Un bon quart des commerces avait fermé. Il y avait ceux dont le propriétaire ou un employé était contaminé et qui se voyaient imposer un congé obligatoire d'une semaine minimum ; ceux dont on ne jugeait pas le réapprovisionnement indispensable au fonctionnement de la ville, comme les parfumeries ou les bijouteries, et qui ressemblaient aux magasins d'état soviétiques, comiques tant ils étaient vides ; ensuite, ceux dont les activités s'éteignaient d'elles-mêmes, les loueurs de voitures, de scooters, les garages, les stations-service qui désespéraient de la quasi-absence de circulation depuis les restrictions d'essence, les agences immobilières qui faisaient face à un arrêt total des transactions, certains hôtels à moitié vides au moment de la fermeture de la ville et qui ne pouvaient espérer des nouveaux clients, les restaurants dont on craignait l'atmosphère confinée en période de contagion… Le paysage urbain était encore plus calme et clos qu'en plein été caniculaire. Aux Parisiens qui étaient employés par des entreprises encore en fonctionnement, on avait conseillé de travailler de chez eux, par Internet. Ceux qui n'avaient, par la force des choses, plus d'emploi, se retrouvaient au chômage technique. Enfin, les travailleurs parallèles, les non-déclarés, les clandestins, avaient été remerciés sans préavis ni indemnités. Cela représentait tout de même quelques dizaines de milliers de personnes qui avaient tout à risquer pour survivre, et plus rien à perdre. Encadrés par des opportunistes professionnels, certains sillonnaient les rues de nuit pour piller les échoppes désertées. L'armée et la police, visibles et présentes, étaient parfois dépassées par le nombre d'événements simultanés et le mode opératoire des voleurs. Les bandes s'infiltraient dans les cours d'immeubles, forçaient une porte de service, et vidaient les magasins dans l'ombre, derrière les rideaux de fer baissés. On ne découvrait que bien plus tard les commerces vampirisés de l'intérieur, comme des poutres rongées par la vermine mais ne laissant rien paraître.

Le droit et l'ordre ayant peur du vide, il avait bien fallu que des citoyens comblent la défaillance du pouvoir exécutif. On avait donc, par rue puis par arrondissement, organisé des rondes nocturnes de bénévoles qui s'étaient arrogé le droit de pénétrer où bon leur semblait, dans le but d'endiguer ce phénomène inquiétant. Munis de leur bonne volonté, le boucher, le poissonnier et le cordonnier écrémaient le quartier, masque sur le visage et armes de leur cru à la main, pour protéger le sommeil des enfants et les biens de leurs parents. Et il fallait reconnaître que l'on avait finalement bien appris aux forces de l'ordre à éviter, dans la mesure du possible, les bavures ; celles de ces milices amatrices dépassaient de loin en nombre et en intensité les quelques erreurs que l'on aurait pu reprocher, dans une période normale, aux professionnels de la matraque et du Flash-Ball.

Jeanne devrait donc faire un peu de médiation auprès de ces artisans du bon droit, à la ratonnade facile, maladroite et violente. Confiant jugea bon de préciser que l'on pensait au couvre-feu mais que, selon lui, il fallait rester, en matière de restriction de liberté, dans la bonne mesure.

– La liberté des individus à se déplacer la nuit, ou celle de tailler du pillard ? demanda Jeanne.

Le deuil n'avait rien entamé de son naturel, mais avait peut-être exacerbé une certaine tendance critique, voire subversive.

– Voulez-vous prolonger votre période de repos ? interrogea le délégué.

– Je plaisantais. Où dois-je aller, Jean-Baptiste ?

Elle l'appelait pour la première fois par son prénom. Il esquissa un sourire. *Voilà une femme qui saurait obtenir tout ce qu'elle désire*, pensa-t-il.

Jeanne se rendit dans la soirée à la permanence du comité du 2e arrondissement. La veille, une prostituée de la rue Saint-Denis avait porté plainte pour coups et blessures. Elle accusait un groupe d'hommes dont le signalement correspondait à ceux qui se réunissaient ce soir au centre d'action culturel de la rue Montorgueil. Lorsque Jeanne entra dans la petite salle surchauffée et mal éclairée, elle ne put s'empêcher de penser aux MJC du Nord où elle avait, enfant, joué des spectacles de danse et de théâtre. Les murs qui pelaient, les tables branlantes et l'odeur même de l'endroit catalysaient une atmosphère de service public à la renverse. Elle avait demandé au chauffeur de l'accompagner à l'intérieur, et elle ne le regrettait pas. Il n'y avait pas une femme pour tamiser un peu cette ambiance masculine. Tout était simple et brut. Autour d'elle, on ne parlait que de la plainte. Jeanne se présenta dans l'indifférence et le brouhaha. Cela ne lui était jamais arrivé. Elle tenta une entrée en matière puissante.

– Qui peut m'expliquer ce qu'est la rue Saint-Denis ?

– Vous n'avez qu'à y aller, c'est à cent mètres. Vous comprendrez toute seule !

La réponse avait fusé du fond de la salle. Tout le monde était masqué. On ne pouvait pas savoir qui avait parlé.

– Si vous avez besoin d'une escorte, faites-nous signe. On peut vous chaperonner !

Des rires gras montèrent en spasmes. Jeanne jeta un coup d'œil à Éric qui était derrière elle et observait sans rien dire. Ces visages cachés lui donnaient l'impression d'assister à une réunion du Ku Klux Klan en version parisienne. Le Champ-de-Mars, en comparaison, était bon enfant, et la porte d'Orléans se profilait dans son souvenir comme un voyage en Utopie. Elle ne voulait pas faiblir.

– Qui parmi vous connaît la femme qui a été agressée hier ?

– C'est pas une femme, c'est une pute !

Décidément, derrière le masque et entre soi, on prend encore plus d'assurance qu'au volant de sa voiture dans un embouteillage napolitain, pensa Jeanne. Exaspérée, elle fit appel à une ruse vieille comme la chrétienté.

– Que celui d'entre vous qui n'est jamais entré dans un *peep-show* lui jette la première pierre...

– On l'a déjà fait hier !

On riait de plus belle. Un homme, cependant, demanda le calme et fut écouté.

– Mademoiselle, vous nous faites perdre notre temps et, croyez-moi, vous perdez le vôtre. Pendant que nous parlons, le mal s'immisce dans la ville. Et si nous n'étions pas là pour nous en charger, vous ne pourriez bientôt plus sortir vos fesses de votre appartement qui est certainement très joli et dans un très beau quartier. Que vous défendiez les prostituées, je peux le comprendre. Peut-être avez-vous, comme nous, l'esprit corporatiste. Mais ne nous retardez pas pour nous faire la leçon, vous prêcheriez dans le désert. Maintenant, je demande à la brigade numéro trois de me suivre, et j'invite les autres à nous emboîter le pas s'ils le veulent.

Certains tentèrent d'applaudir, mais celui qui venait de parler, au physique athlétique et cheveux grisonnants, exigea le silence. Après que tout le monde eut déserté le centre culturel, Jeanne, qui n'avait pas bougé, s'assit. Éric s'avança et prit la chaise à côté d'elle. Cette femme abattue mais digne l'émouvait.

– Ne vous inquiétez pas, dit-il. Il vous reste la politique. Dites à Monsieur Confiant et à Monsieur Strato qu'il faut faire différemment. C'est bien pour ça que je vote, pour que d'autres prennent à ma place des décisions que je ne voudrais pas assumer.

Jeanne le regarda, navrée. Elle détestait faire aveu d'impuissance. Elle se leva pourtant et, résignée, demanda à retourner à Matignon.

Elle raconta au délégué les quelques minutes passées avec le comité. Confiant écoutait sans ciller. Cela ne changeait en rien, de toute manière, ce que le Premier ministre avait présenté comme une solution inévitable : l'interdiction de déplacement entre 22 heures et 6 heures du matin. Jeanne réfléchit quelques instants.

– On ne va pas résoudre ainsi le problème de ceux qui volent pour manger. Pourquoi ne pas plutôt créer des bureaux d'embauche pour la fonction publique ? On donnerait un travail sans demander aucun justificatif, et on paierait les nouveaux fonctionnaires à la semaine. On trouverait certainement de quoi les occuper.

Confiant sourit de la logique naïve de sa protégée, mais il transmit cependant la suggestion en Conseil des ministres, où elle fut reprise par un jeune secrétaire d'État, alibi social et rosâtre d'un gouvernement bleu horizon. Dès la semaine suivante, on appliquait le couvre-feu et les mini-contrats hebdomadaires. Il aurait été difficile de discerner la part d'efficacité de chacune des mesures, mais la délinquance disparut comme un glaçon au soleil. Les milices de quartier, privées de sorties nocturnes et de raison d'être, firent place à d'autres comportements typiquement épidémiques. À la télévision, une nouvelle campagne de publicité nationale démarra : on félicitait le peuple français pour sa participation à l'effort de crise.

Une délégation d'infirmières frappa à la porte. De dos, le directeur de l'hôpital Necker, qui déballait une bouilloire plaquée en acier inoxydable, les autorisa à entrer. La nouvelle acquisition monopolisait toute son attention. Il ne remarqua pas qu'elles arrivaient à huit et se plaçaient en ligne, bras croisés, dans une attitude de service d'ordre de la CGT. Une jeune, sèche comme un cou de vieille bique, l'interpella sans attendre qu'il se retourne.

– Monsieur, le micro-ondes a disparu de la cuisine de l'étage depuis deux mois et demi. Vous n'avez pas validé notre demande pour en obtenir un nouveau. Nous sommes obligées de faire réchauffer nos plats au quatrième. Comme nous respectons la priorité du personnel de l'étage inférieur, car ce n'est pas notre four mais le leur, nous devons attendre parfois jusqu'à une demi-heure avant de pouvoir manger. Certaines d'entre nous, pour ne pas se retarder dans leurs tâches, mangent froid depuis plus de deux mois. L'hiver commence dans quelques jours. Nous ne pouvons plus continuer comme ça. Cette situation fait que nous pourrions remettre en cause les permanences dans les structures intermédiaires.

Le directeur avait ouvert la bouilloire et essayait d'extraire un sachet anti-humidité coincé entre les spirales de la résistance. C'était un exercice difficile.

– Pourquoi vous n'allez pas manger à la cantine ? Pour six euros, on y déjeune très bien.

– La modestie de nos émoluments, monsieur, nous engage à économiser sur nos repas.

Émoluments, pensa-t-il en se redressant avec le sachet à la main, *voilà un mot que je n'avais pas entendu depuis longtemps*. Il se mit à genoux pour brancher la bouilloire sous le bureau, et dit, dans cette position incongrue, que le micro-ondes était dans le placard de droite et que l'infirmière pouvait le récupérer.

– Pouvez-vous en profiter, s'il vous plaît, pour me donner une bouteille d'eau ? Il y en a à côté du four.

La porte-parole fulminait. Elle fit signe à deux collègues de récupérer l'objet de la revendication et vint se planter elle-même, Évian à la main, devant le directeur.

– Pouvons-nous savoir ce qu'il faisait dans votre bureau ?

Alors qu'il allait se relever, un peu essoufflé de l'effort nécessaire pour atteindre la prise, il entendit le pluriel du sujet. Il se tourna alors, et aperçut entre les jambes de son interlocutrice, les silhouettes de tout le personnel infirmier de son étage.

– Eh bien, une femme de ménage l'aura posé là… Qu'en sais-je, moi ?

Puis il jugea malin d'ajouter :

– À propos, je voulais faire don à la cuisine du cinquième de ma machine à café. Je ne peux plus en boire, à cause de mes migraines, et je pensais que ça pourrait vous faire plaisir.

Il attrapa la bouteille d'eau et en versa dans la bouilloire. La déléguée accepta le cadeau sans un mot, le prit sous le bras et lança l'ordre de repli.

– On ne nous laissera jamais que les miettes, murmura-t-elle.

Le directeur ferma la porte à clé derrière elles. Depuis un mois, le climat était tendu. Le moindre prétexte suffirait pour déclencher une mutinerie. Son hôpital, dès le début de l'épidémie, avait été à l'avant-garde de la lutte contre la grippe. Ses équipes avaient organisé l'installation des structures intermédiaires parisiennes. Avec l'apparition de la nouvelle mutation du virus et la peur accrue de la population, la fréquentation de ces centres avait augmenté. Des réservistes – docteurs en retraite, étudiants en médecine, ainsi que des kinésithérapeutes, des sages-femmes et autres libéraux – représentaient la majeure partie du personnel des structures. Des médecins et des infirmières d'hôpitaux complétaient l'effectif en y effectuant des permanences obligatoires et de la gestion administrative. Représentants de la médecine publique, ils étaient les garants de l'organisation sanitaire de crise, mais n'avaient pas, pour autant, reçu de prime pour la surcharge de travail. Les réservistes, en revanche, étaient payés au nombre de patients examinés. Dans les structures, on les surnommait les « mercenaires ».

La bouilloire s'arrêta. Le directeur sortit d'un tiroir une boîte en bois contenant un assortiment d'infusions énergisantes. Il hésita, puis opta, sans être convaincu, pour un thé rouge agrémenté de gingembre et de ginseng. Depuis qu'il avait arrêté la caféine, il n'avait pas trouvé d'excitant aussi efficace, mais boire du thé avait un certain style, et cela lui plaisait. Dans le même ordre d'idées, il pensait aussi se mettre au whisky et au cigare, le jour où il deviendrait directeur de clinique. Pour l'instant, il était soumis aux renoncements imposés par le service public, mais il ne pourrait pas y consentir éternellement.

On frappa à la porte. Devait-il sortir le thé avant d'aller ouvrir ou après ? Il regarda l'emballage – on recommandait deux minutes d'infusion – puis sa montre et se rendit compte qu'il ne savait plus à quelle heure il avait commencé à tremper. Le liquide était déjà couleur grenat. Il retira le sachet. Sa poubelle avait disparu. On frappa de nouveau. Ce devait être la femme de ménage qui la lui ramenait. Il alla ouvrir, tenant du bout de la main gauche son sachet à la manière d'un encensoir, et recueillant de la main droite quelques gouttes bouillantes. Jean-Baptiste Confiant apparut dans l'encadrement. Le directeur s'empressa de fourrer le thé dans sa poche de pantalon, et serra la main qu'on lui tendait. Le délégué n'avait pas de temps à perdre. Il fit mine de ne pas sentir qu'elle était mouillée, referma la porte derrière lui et alla s'asseoir.

– Que me vaut l'honneur de votre visite ?

Confiant regarda le directeur qui affichait un sourire forcé. Sa cuisse le brûlait. Il alla à son fauteuil et jeta discrètement le sachet dégoulinant sur la moquette.

– Je peux ? demanda le haut fonctionnaire en attrapant la tasse.

– Bien sûr, au contraire !

Confiant sentit, trempa les lèvres, et commença :

– Je voudrais votre avis. Depuis une semaine, nous recevons chaque jour, à la délégation de la lutte contre la grippe, des courriers électroniques de dénonciation de malades qui ne se feraient pas soigner. On nous transmet l'adresse, l'étage, le numéro d'appartement en nous demandant d'aller vérifier, pour « le bien-être et la sécurité de tous ». C'est toujours la même formule. Les expéditeurs utilisent à chaque fois un ordinateur différent et une adresse de messagerie qui est supprimée dans les minutes qui suivent. Dans le doute, nous envoyons des équipes et invitons les personnes supposément malades à effectuer des tests de dépistage dans les structures intermédiaires, souvent pour rien. De qui pensez-vous que ces messages peuvent provenir ?

Naturellement diplomate, le directeur s'étonna de ce phénomène, qu'il connaissait pourtant, et parla en termes généraux.

– Vous le savez certainement : le virus tel que nous le connaissons aujourd'hui est non seulement plus résistant aux traitements, mais engendre moins de symptômes qu'une grippe classique. Certains individus, sans que notre sagacité nous permette de comprendre pourquoi, peuvent l'attraper, être malade et guérir sans quasiment s'en apercevoir. Ils n'en restent pas moins contagieux pour leur entourage, et ceci peut expliquer la crainte qui se développe dans la population. Nous déplorons aujourd'hui 3 645 malades identifiés et 105 décès à Paris, mais nous pensons qu'il y aurait en réalité plusieurs milliers de personnes contaminées qui auraient échappé au décompte.

Confiant s'impatientait. Il connaissait les chiffres. Il dit au directeur qu'il allait être plus précis. Au gouvernement, on avait conscience que la capacité d'accueil des structures intermédiaires était surdimensionnée par rapport à l'état actuel de l'épidémie, et on se demandait si le personnel qui y était employé n'utilisait pas cette technique de délation anonyme pour remplir ses consultations. Le directeur de l'hôpital Necker prit l'attaque pour lui-même. Non pas qu'il se sentît systématiquement solidaire de tout ce que la France comptait de représentants du caducée, mais il avait comme les autres sermenté hippocratiquement et, dans son esprit, cela le liait moralement à la société civile. La colère montait en lui, autoalimentée par ses élucubrations muettes, et il devint rouge, puis écarlate, avant de parvenir à articuler un mot. On aurait dit une cocotte-minute sans soupape de sécurité. Confiant ignorait que l'on put ainsi se mettre sous pression sans exploser. Il sentait qu'il allait se passer quelque chose.

– Venez voir, finit par dire le directeur, se contenant à peine.

Le délégué fit le tour du bureau pour observer les manipulations que l'autre faisait sur son ordinateur. Il ouvrit un moteur de recherche sur Internet, tapa les mots « grippe » et « Paris », et cliqua sur le premier résultat obtenu. Un site s'ouvrit, présentant une vue du ciel de la capitale, badigeonnée de couleurs translucides, entourée de liens publicitaires pour la vente de masques, de médicaments et de produits naturels. Une légende indiquait que le noir correspondait aux quartiers où il y avait eu des décès, le rouge, des malades, et que le vert marquait l'absence de grippe. La couleur orange, quant à elle, correspondait aux « infections à venir ». Le directeur cliqua à plusieurs reprises sur le 7e arrondissement, agrandissant à chaque fois le plan jusqu'à faire apparaître clairement l'hôtel Matignon. L'écran afficha un message : « Données inexistantes pour l'immeuble sélectionné. Si vous voulez collaborer à l'effort de crise, cliquez ici. » Le directeur vérifia dans les yeux du délégué qu'il suivait bien la manipulation, puis il exécuta ce que l'ordinateur lui proposait. « Vous avez sélectionné le 57 rue de Varenne, 75007 Paris. Si vous pensez qu'il y a un cas probable de grippe à cette adresse, cliquez sur “Oui”. »

– Si j'appuie ici, dit le directeur en positionnant son pointeur sur le bouton « Oui », la résidence du premier ministre se colorera en orange, et un message parviendra à vos services. C'est tout nouveau. Un stagiaire m'en a fait la démonstration. Je l'ai testé en indiquant mon propre appartement de fonction, de l'autre côté de la rue, et j'ai reçu la visite d'inspecteurs du ministère de la Santé le lendemain, qui se sont excusés lorsqu'ils m'ont reconnu. Je pensais que le gouvernement, d'une manière ou d'une autre, travaillait avec les créateurs de ce site. Si, maintenant, vous croyez que des médecins passent leur journée à dénoncer leurs voisins bruyants, des créanciers ou l'amant de leur femme, libre à vous.

Confiant, pensif, but plusieurs gorgées avant de finir la tasse d'un trait. Il avait entendu parler d'initiatives farfelues sur Internet, mais ignorait l'existence de celle-ci. Il se leva en souriant, et dit, avenant :

– Je vous remercie. Je n'étais pas au courant. Je crois que je vous dois des excuses. Veuillez les accepter.

Le directeur, par un retournement psychique dont son esprit avait le secret, s'émut au-delà du raisonnable des quelques mots qu'il venait d'entendre. Il ne pleurait pas de joie – car le délégué l'aurait certainement pris alors pour quelqu'un d'hypersensible –, mais il en aurait bien eu envie.

– Je vous en prie, mais non, voyons, vous me gênez. C'est normal, je comprends votre interrogation. Nous nageons tous en plein brouillard, actuellement. Moi-même, je passe mes journées à me poser des questions. Où cette grippe nous emmène-t-elle ? Le vaccin sera-t-il prêt dans un mois comme prévu ? Et quand la quarantaine va-t-elle cesser ? Car il y a plusieurs foyers d'épidémie en province, et même à l'étranger. Paris n'a pas de raison de rester fermé, n'est-ce pas ?

– Tout n'est pas si simple, coupa Confiant, brusquement plus froid.

Le directeur eut un rire embarrassé. Il sortit un mouchoir de sa poche pour s'essuyer le front, mais se rendit compte qu'il était tiède et mouillé.

– Oui, bien sûr, fit-il. *Motus causa existat*, comme on dit. À propos, le thé était-il bon ?

– Excellent, répondit le délégué, satisfait de clore la discussion. Je vous laisse travailler. À bientôt.

La bouilloire trônait au milieu du bureau. Le directeur, seul à nouveau, s'enfonça dans son fauteuil en la contemplant. *C'est une chance qu'elle soit arrivée ce matin*, se dit-il. *Depuis plus de deux mois, obligé de faire chauffer l'eau au micro-ondes, je buvais un thé moussant. Passe encore pour moi, mais pour les instances gouvernementales ! Ah, tiens, le sachet a fait une auréole par terre. Ce n'est pas sain, cette moquette dans mon bureau. Peut-être qu'un parquet conviendrait mieux, ou alors un dallage sombre. Il paraît, si on doit en arriver à ces extrémités, qu'on a fait beaucoup de progrès sur le lino. Je devrais me renseigner.*

Deux semaines plus tard, le site de progression épidémique de la capitale était nationalisé. Les programmeurs, surveillés sans que Confiant ne le sache par les services de renseignement, étaient deux adolescents. En rupture scolaire, ils passaient leur temps entre des jeux en réseau sur Internet et la gestion de leur joujou. Ils n'avaient pas d'autre ambition que de financer leur désocialisation par la publicité vendue sur leur site. On leur expliqua qu'ils devaient céder leur création à l'État ou craindre des poursuites. Ils furent favorables à l'arrangement amiable. D'ailleurs, ils ne tenaient pas particulièrement à ce projet sur la grippe, tout s'était décidé comme ça, presque par hasard. Si l'on avait été en période de canicule, ils auraient certainement construit un site intitulé « Quelle température fait-il sur votre balcon ? ». Tout cela leur était profondément égal.

Au bureau du Premier ministre, le principe de vigilance citoyenne du risque de contagion plaisait, tout compte fait. Les publicités furent supprimées, mais on ne toucha pas au reste. Car si la grippe devait encore s'intensifier, tous les moyens seraient bons pour gagner quelques jours dans la détection de nouveaux cas.

Jeanne s'y connectait plusieurs fois par jour. À son cœur défendant, elle s'informait en direct de l'évolution de l'épidémie comme elle aurait, en d'autres temps, consulté la météo pour savoir si elle devait prendre son parapluie en sortant. Le temps était à l'orage sanitaire depuis trois mois. Le port du masque était entré dans les mœurs. Les visages découverts des Parisiens récalcitrants, que l'on apercevait de temps en temps dans la rue et souvent de loin, quand quelqu'un se mouchait par exemple, avaient une saveur aussi impudique qu'une jambe trop découverte dans un lieu de culte. La ville s'était accoutumée à ses habitudes de quarantaine. On vivait bien l'autarcie. Autarcie, toutefois, n'était peut-être pas le terme qui convenait. La province était mise à contribution et, exemplaire, nourrissait Paris comme on aurait donné à manger à un poisson dans son aquarium.

Alors que l'on avait constaté un ralentissement de l'activité économique durant le premier mois en même temps qu'une augmentation de l'épargne individuelle, la tendance s'était maintenant inversée. L'absentéisme dû à la peur de la contagion sur le lieu de travail avait été sévèrement réprimé dès le début de l'épidémie. Les médecins, surveillés de près par un conseil de l'ordre rigide, ne délivraient plus aucun certificat de complaisance. Les plans de continuité élaborés entreprise par entreprise depuis des années dans la crainte de la grippe aviaire avaient tout d'abord surpris : changements d'horaire, baisse de revenus et échange de main-d'œuvre sans négociation dans certains domaines d'activité, heures supplémentaires obligatoires et travail le week-end dans d'autres. La résistance des employés avait duré un temps, mais la nouvelle mutation du virus avait définitivement balayé les arguments des grincheux. On devait lutter contre un seul ennemi : la grippe. Ceux qui cherchaient à s'engager pour une cause se la voyaient servie sur un plateau. Nul besoin de creuser des puits en Afrique ou de fonder un nouvel ordre social quand il suffit de se joindre à l'union sacrée pour la survie. Chacun, à son bureau, dans son champ, était capable d'exploit héroïque. On inventa un Ordre du mérite dont les nominations remplissaient des pages entières de journaux régionaux. À la mi-décembre, on parlait de près de 5 000 malades et d'un peu moins de 150 morts en France, dont les quatre cinquièmes à Paris. La Bourse, fermée à trois reprises pendant le premier mois de grippe, était maintenant en hausse ininterrompue depuis cinquante-six jours. On retrouvait des chiffres positifs de croissance. Dans la capitale, la plupart des commerces avaient rouvert. Les camions se succédaient en convois continus à la porte d'Orléans, sur quatre voies. La peur de la mort, insidieuse et qui avait gâché le début de l'automne, s'était transformée en urgence de vivre, et donc en urgence de consommer. La France passait avec brio le test de la crise sanitaire. La population, bien dirigée, avait su se mobiliser. Tout allait aussi bien que possible.

Les attributions de l'ambassadrice de la lutte contre la grippe avaient évolué. Confiant lui avait expliqué que l'étape de la visite des malades et des enterrements était un galop d'essai passé avec succès. On avait désormais besoin d'elle pour des tâches plus essentielles. La grippe A+ – telle que l'avaient surnommée des journalistes américains au sens de la formule affûté – apparaissait dans les pays du Nord, lentement et sûrement. La France avait proposé d'organiser un colloque international sur le sujet, faisant valoir son expérience ainsi que ses résultats sanitaires et économiques. L'OMS avait accepté. La date restait à fixer, et l'agenda s'étoffait de jour en jour. Le délégué avait solennellement demandé à Jeanne d'être la présidente d'honneur de ce colloque. Elle était l'image même de la lutte, de l'espoir, de l'insolence plaisante aussi, et cette image était belle à regarder. Elle avait accepté à condition d'être impliquée réellement dans l'organisation. C'était un caprice dont on pouvait s'accommoder, avait pensé Confiant, et il lui avait accordé d'assister aux réunions quotidiennes de préparation.

Tous les matins, une voiture venait la chercher dès la fin du couvre-feu. Après un briefing avec le délégué, elle passait sa journée entre Matignon, les rendez-vous avec la presse et les studios de télévision. Jeanne était devenue une habituée du *20 heures* de Rutila.

Éric, après l'avoir raccompagnée, rentrait chez lui à pied. Il remerciait la nurse anglophone de Matignon qui lui expliquait en quelques mots les progrès réalisés par ses enfants, il les embrassait et les entraînait dans la rue. En pleine journée, on voyait très peu de véhicules. À quelques minutes de l'interdiction de circuler, on avait autant de chances d'en croiser que de voir atterrir un avion de tourisme sur la place Rouge. Les enfants marchaient au milieu de la chaussée, riant, courant, récitant des chants de Noël en anglais que leur père s'efforçait de mémoriser à force de les entendre. Le soir, c'étaient les petits qui faisaient l'école à Éric. Et il se plaisait à cette inversion des rôles. Il ne fut même pas étonné quand son fils lui cria :

– Attention papa, une voiture !

Ils se retrouvèrent tous trois sur le trottoir, regardant s'approcher deux phares, puis voyant la fourgonnette verte de la mairie s'arrêter une cinquantaine de mètres plus loin. L'employé qui en sortit effectua des gestes curieux. Il s'agenouilla, et une lumière bleu-vert surgit devant lui, en flammes lentes.

– C'est joli ! dit la fille du chauffeur.

– Qu'est-ce qu'il fait ? demanda le garçon.

– C'est un brasero pour que tous les habitants de la rue puissent venir se réchauffer, les fourmis, les papillons, les souris…

– Les rats ! enchérit le petit.

– Oui.

– Les pigeons ! proposa sa sœur.

– Les pigeons aussi, admit le père.

– Il faudrait qu'il y en ait plus alors, des feux dans la rue, parce que sinon, avec l'hiver, ils vont tous mourir de froid.

– Et si on parlait plutôt de ce que vous voulez dîner ce soir ?

Les enfants furent ravis. Ils parlèrent de manger au restaurant thaïlandais ou au mexicain. Éric suggéra que ce serait bien, pour une fois, de rester à la maison. La proposition fut acceptée, à condition de ne pas allumer la télévision : ils en avaient assez de passer toute la journée devant les cours de France 24. Et ils choisiraient eux-mêmes le repas.

Lorsqu'ils entrèrent dans l'immeuble de la rue de Vaugirard, la concierge les accueillit avec deux bonbons et des compliments susurrés d'une voix aigüe. Elle savait fidéliser sa clientèle. Elle leur demanda s'ils avaient besoin de quelque chose. Les enfants filèrent dans la loge. Le buffet familial avait été vidé de ses assiettes décoratives et les souvenirs de Lourdes étaient désormais remisés au placard. Tout avait été remplacé par une reconstitution en miniature d'une épicerie de quartier, avec un exemplaire de chaque produit. Éric répondait vaguement aux questions inquisitrices que la logeuse lui posait à propos de l'épidémie. Il devait en entendre, lui, des secrets, avec son métier.

– Alors, dit-il pour couper court, vous savez ce que vous voulez ?

Les gamins avaient choisi du cassoulet en boîte, de la purée et une bouteille de soda. Éric remplaça le soda par du jus de fruits et demanda aussi un kilo de tomates et des yaourts. La dame alla d'abord dans sa chambre, là où elle gardait ses stocks de non-périssables. Les cartons prenaient toute la place ; elle avait dû pousser son lit tout au fond de la pièce. Ensuite, elle alla dans la cuisine, dont elle laissait toute la journée la fenêtre ouverte. On y gelait. Les produits laitiers étaient dans le frigo, les fruits et les légumes à l'air libre. Elle pesa les tomates puis consulta sa liste de prix. Elle multipliait par un et demi les tarifs du magasin où elle s'approvisionnait tous les matins. Éric la remercia, régla en liquide et ils montèrent par l'escalier. À chaque étage, on entendait des bruits de discussion, de couverts, de commandes passées à l'envolée. Les Thaïlandais du deuxième et le Mexicain du troisième faisaient recette sept jours par semaine. Dans chacun de leur restaurant clandestin improvisé, ils recevaient tous les soirs ceux qui voulaient se détendre après avoir travaillé plus que jamais. Ces nouveaux commerces, ouverts bien après l'heure du couvre-feu, permettaient d'organiser la vie quotidienne en temps d'épidémie. Partout, dans la capitale, on s'arrangeait entre voisins. Le gouvernement, fier de la docilité des Parisiens, savait et laissait faire, comme un professeur qui ferme les yeux sur les incartades d'un bon élève trop vif, qui s'ennuierait dangereusement s'il respectait les limites étroites qu'on lui fixe.

Éric coucha ses enfants et appela Léon qui lui avait laissé un message dans la journée. Son ancien collègue avait quitté son boulot pour entrer aux services funéraires de la ville.

– C'est un métier plein d'avenir, lui annonça-t-il avant de rigoler.

Il parla de choses et d'autres, de la tranquillité enfin retrouvée dans Paris sans délinquance, de la fin de l'assistanat grâce aux mini-contrats hebdomadaires, et regretta que la droite fût au pouvoir dans ces circonstances.

– Ça aurait été une bonne occasion pour la gauche d'exister. Là, ils sont coincés. Que veux-tu critiquer dans une période comme celle-là ? S'ils refusent la concorde nationale dans une crise pareille, plus personne ne voudra entendre parler d'eux. Bon, je ne t'appelle pas pour ça. Quand j'ai signé pour faire croque-mort municipal, on m'a dit que je serais dans les premiers à être vacciné. Mais j'ai l'impression que ça tarde. Toi, tu dois bien savoir si le vaccin est arrivé à Paris, non ? Tu as déjà eu ta piqûre ?

Éric répondit que non, et qu'il n'en savait pas plus que ce que l'on en disait dans les médias. Normalement, les premiers sérums seraient disponibles courant janvier. Léon le cuisina. Il était certain que le chauffeur officiel couvrait ses nouveaux patrons. Un double appel mit fin à ce dialogue de sourds. C'était Confiant.

– Éric, nous avons une grosse journée demain. Venez à Matignon vers 5 h 45. N'oubliez pas votre laissez-passer au cas où il y ait des patrouilles. Nous irons chercher Jeanne ensemble. Bonne nuit.

Ce soir-là, Jeanne n'avait pas sommeil. Vers 23 heures, elle se couvrit, déplia son escabeau et monta sur le toit. Il n'y avait pas un seul pigeon, pas un seul bruit. Elle resta un moment à observer la ville. Tournée vers le sud, elle devinait les limites de la capitale grâce aux éclairages puissants du périphérique. Qu'est-ce que cela changeait à présent d'être d'un côté ou de l'autre des barrages ? À part le couvre-feu, tout était identique. Les écoles étaient fermées sur tout le territoire, la population mise à contribution de la même manière, et la maladie rattrapait son retard en province. *S'il n'y avait pas eu la quarantaine*, pensa-t-elle, *je n'aurais rien fait d'autre que de continuer à poser ou à défiler, deux ou trois fois par mois, et après ?*

Un croassement la fit sursauter. À quelques mètres d'elle, derrière l'ombre d'une cheminée qui s'élevait au-dessus du toit, un corbeau la regardait. Elle sourit. C'était son aigle noir parisien. Elle avait envie d'aller le caresser, de le prendre dans ses bras. Elle s'approcha doucement. La pupille de l'oiseau la fixant brillait dans la nuit. Elle tendit le bras. Il croassa de nouveau, recula un peu et perdit l'équilibre. Jeanne entendit ses pattes crisser sur le zinc. Il glissait. Elle eut un mouvement pour l'aider, mais il arrivait déjà au bord du toit, et dépliait ses ailes. Elle avait presque oublié qu'il pouvait voler. Elle tâcha de le suivre des yeux, mais n'y arriva pas. Quand elle s'endormit dans son lit, un peu plus tard, elle serrait un oreiller contre elle.

Son réveil sonna à 5 h 30, la tirant d'un rêve érotique où se mêlaient Confiant, Éric et Herbert, son ancien colocataire. Elle prit une douche fraîche en s'étonnant de la qualité des détails que l'on pouvait inventer en dormant. Elle s'habilla, but un thé très chaud et regarda son portable. 6 h 03. Elle était déjà en retard. Elle descendit les escaliers deux par deux et entendit la porte d'entrée claquer quand elle arriva en bas. Pour une fois, elle n'était pas la première à aller travailler. Elle se recoiffa et sortit, légère. Elle aperçut le sourire d'Éric dans la voiture qui l'attendait de l'autre côté de la rue. Un couple de personnes âgées l'interpella. Depuis plusieurs jours, elle ne pouvait pas sortir sans qu'on ne l'aborde. Elle aurait voulu leur faire plaisir et échanger quelques mots, mais ce qui se passait derrière eux la glaça. Un cadavre de corbeau gisait sous des flammes bleues, épaisses, lancinantes. L'agent municipal chargé de brûler les oiseaux morts, indifférent, fumait une cigarette deux mètres plus loin. Jeanne savait que l'animal vu la veille était là, devant elle. Elle le fixa un instant puis, sans s'en rendre compte, remercia les retraités qu'elle n'avait pas écoutés et monta dans la voiture. Elle remarqua à peine que Confiant était venu. Par politesse, elle prononça quelques phrases. Le délégué semblait respecter son humeur pensive. Elle le regarda seulement quand il lui annonça qu'ils dîneraient avec le président le soir même. En observant, envieuse, des mouettes qui volaient en groupe au-dessus de la Seine, elle se demandait ce que sa mémoire, dans vingt ans, retiendrait de cette journée : le corbeau ou le dîner ?

Dhiers arriva en avance. Confiant vit sa voiture entrer dans la cour de l'hôtel Matignon alors que Jeanne n'était pas encore là. La réunion à laquelle elle assistait au ministère de la Santé devait se terminer à l'instant même. Le Premier ministre y participait également, mais ne rentrerait pas à Matignon. Il avait prétexté un rendez-vous à l'Intérieur pour ne pas croiser le président. Lorsque le délégué salua Dhiers, celui-ci avait une mine défaite.

– Ne restons pas ici, soupira le président. Allons au chaud.

Confiant dit quelques mots au chauffeur puis, en entrant, demanda à ce que l'on apporte un thé bouillant dans le salon où le dîner devait avoir lieu. Le serveur dressait la table. Le président parla d'une voix grave et soutenue.

– Ce n'est pas à vous que je devrais l'annoncer, car cela vous affectera certainement autant que moi, mais vous êtes particulièrement bien placé pour comprendre ma tristesse. Les cygnes noirs, ceux que vous m'aviez offerts, sont morts dans la nuit. Mon jardinier les a retrouvés ce matin. Il croit savoir que c'est viral. Qu'en pensez-vous ?

Confiant se demandait si c'était là l'origine et la raison unique du désarroi présidentiel. Il répondit avec un sérieux de circonstance.

– C'est possible. Je ne suis pas au courant du décès de cygnes, mais les pigeons et les corbeaux de la capitale payent un lourd tribut à cette grippe A+.

– Vous l'appelez comme cela, vous aussi ? On croirait une appellation de réclame. Je m'étais attaché à ces animaux, voyez-vous. Je les observais souvent, le matin, de ma fenêtre, lorsqu'au lever du jour la brume montait sur le plan d'eau du jardin. Ils fendaient le brouillard comme ces danseurs en fuseau noir que j'avais vu un jour en ouverture d'un ballet à Kiev. Ils ne se séparaient jamais, et leur lenteur de mouvement était celle d'une aristocratie idéale, une aristocratie dont j'ai bien peur de devoir constater la disparition. Jean-Baptiste, cette grippe me fait peur.

Le délégué cligna des yeux doucement en signe d'approbation et de regret. Il ne savait pas quoi faire d'autre pour montrer sa compassion. Dhiers avait le regard lointain de ceux que cette vie-là ne concerne plus et qui semblent, par la plus anodine de leurs phrases, vous donner des nouvelles de l'au-delà. Il poursuivit.

– J'ai fait un quinquennat de trop. Je ne comprends plus ce que vous décidez, ni pourquoi cela fonctionne. Vous connaissez « Le Bateau ivre » ? « Je ne puis plus traverser l'orgueil des drapeaux et des flammes. » L'esquif heurte pourtant d'incroyables Florides, dans le poème, d'incroyables Florides, Jean-Baptiste !

Le serveur disposait les verres dans un joli tintement de cristal. Confiant avait presque pris peur à écouter ce qui ressemblait à un monologue testamentaire, mais les derniers mots avaient été lâchés avec malice, et même une certaine complicité. Il demanda s'il y avait quelque chose qu'il pouvait faire. Dhiers avança la main droite en signe de dénégation. Il eut un geste oblique, large et généreux, tel un pape saluant la foule des pécheurs qu'il domine et absout à la fois.

– Me pardonnez-vous si je ne reste pas ? Vous m'excuserez auprès de cette jeune femme si délicieuse. Dites-lui, par exemple… Et puis non, dites-lui la vérité.

– Je suis certain qu'elle comprendra, dit le délégué qui n'était pas sûr d'avoir tout saisi.

Il raccompagna Dhiers dans la cour de l'hôtel éclairée comme pour un gala au moment où la voiture de Jeanne arrivait. Éric lui ouvrit la portière et elle sortit, superbement maquillée, en robe blanche longue et fendue, sans manteau, un petit sac à la main. Sur les graviers couleur de paille, elle avait la beauté et la délicatesse d'une jeune louve tremblotante dans une plaine enneigée. Le président vint à sa rencontre et lui fit un baisemain.

– Je regrette de devoir partir, Mademoiselle. J'espère que vous ne m'en tiendrez pas rigueur.

Jeanne interrogea Confiant du regard, qui lui fit signe de ne rien dire. Dhiers regarda à gauche puis à droite, soudainement vif.

– Je ne vois pas ma voiture, Jean-Baptiste.

Confiant perdit un peu de son assurance.

– Pardon, c'est de ma faute. J'ai dit à votre chauffeur tout à l'heure qu'il pouvait revenir vers 21 heures. Il a dû aller dîner. Je pensais…

– C'est fâcheux.

– Il n'a pas de portable ? demanda le délégué.

– Vous n'y pensez pas. Je le lui ai interdit. Les ondes, dans l'automobile…

Dhiers, sous l'effet d'une tension soudaine, avait rajeuni. Jeanne l'observait. Elle désigna le véhicule derrière elle et suggéra qu'il profite d'Éric qui venait de l'amener. Le président considéra le chauffeur quelques instants et reprit le visage qu'il avait depuis qu'il était arrivé à Matignon.

– Très bien, je vais faire comme cela. Je renouvelle mes excuses pour ce dîner, et je vous souhaite une bonne soirée.

Lorsque la voiture quitta Matignon, l'atmosphère s'allégea brusquement. Jeanne réalisa qu'il n'y avait plus de véhicule disponible et que toutes ses affaires étaient restées avec Éric. Jean-Baptiste lui proposa d'entrer rapidement. Un vent frais se levait. Jeanne le devança sur les escaliers du perron.

Dans la voiture, Éric était d'un mutisme absolu. Impressionné par le charisme de l'homme qu'il conduisait, pour lequel il avait voté quelques années auparavant et qu'il n'aurait jamais pensé approcher de si près, il n'osait pas dire un mot ni faire un mouvement. À l'arrière, Dhiers se demandait s'il n'en avait pas fait un peu trop avec Rimbaud. Les cygnes, il les regrettait sincèrement. Kiev, c'était déjà beaucoup. Peut-être aurait-il dû s'arrêter là. Et puis cette histoire stupide de chauffeur absent l'inquiétait. Pourrait-il faire confiance à cet homme, devant lui, qu'il ne connaissait pas ?

– Arrêtez la voiture quelques instants, voulez-vous.

Éric stoppa à un feu. Le président s'éclaircit la voix.

– Pouvez-vous garder un secret ?

– Je pense, répondit le chauffeur.

– Bien. Je vous saurais gré de ne me poser aucune question et d'admettre que des raisons existent pour expliquer ma démarche, mais je ne peux malheureusement pas vous en faire part.

Éric sentait qu'il nageait en pleine histoire d'État. Il vivait exactement ce qu'il avait toujours imaginé à propos du pouvoir. Il était prêt à tout entendre et à ne rien répéter.

– J'ai une famille, des enfants que j'aime, Monsieur le Président. Je pense que c'est un gage suffisant de mon entière discrétion.

Dhiers sourit. Cet homme parlait comme dans un film en noir et blanc, et ce n'était pas pour lui déplaire.

– Vos enfants sont ici, à Paris ?

– Oui.

– Bien, dit-il. Voilà ce que nous allons faire.

Confiant avait demandé un martini avec paille et rondelle de citron vert pour Jeanne, et un whisky sur glace pilée pour lui.

– Je le prends toujours avec de la glace. J'aime l'alcool, mais je le supporte très mal. Quand je bois un Montrachet, je n'ai qu'une envie, c'est de le couper à l'Évian. Je ne me le permets que seul, mais j'ai pensé que, devant vous…

Jeanne souriait. Les boissons arrivèrent. Elle trouva que son verre manquait terriblement de style dans un tel cadre. Le salon où ils se tenaient était à la mode directoire. La pompe pré-napoléonienne convenait à l'endroit. La paille, le citron, en revanche, juraient. Assise sur une banquette, le délégué à sa droite dans un fauteuil, elle considérait le whisky avec curiosité.

– Vous êtes pensive ?

– J'apprécie l'alcool fort. Je peux goûter ?

Penchée en avant, elle avait déjà la main sur son verre à lui. Son décolleté s'ouvrait à peine. Confiant la regardait dans les yeux. Elle retourna s'appuyer sur le dossier en trempant ses lèvres, puis elle prit une grande inspiration qui souleva sa poitrine, dans un mouvement rappelant les corsets de la cour.

– J'aime, décida-t-elle.

Le martini fut renvoyé.

Éric arrivait vers la porte d'Orléans. Le stress le tétanisait, sans qu'il ne le montre. Il était concentré à l'extrême. Sur l'autoradio tournait en boucle la *Révolutionnaire* de Chopin, que le président lui avait réclamée. Il fit un appel de phares à l'attention d'un militaire en patrouille qui vint à la fenêtre, et réclama de laisser le passage au chef des armées. Dhiers avança la tête. Le soldat précipita un salut rigide et demanda s'il devait prévenir son supérieur.

– Visite de routine. Incognito, dit le président. J'apprécie de voir mes hommes au travail.

Aidé d'une patrouille, le militaire, flatté d'être dans une confidence d'état-major, dégagea une des quatre voies utilisées par les semi-remorques. Il ouvrait au pas de charge une brèche dans la muraille. Dhiers regarda sa montre. Tout allait bien, il était dans les temps.

Depuis trois quarts d'heure, Jeanne et Jean-Baptiste buvaient et plaisantaient. Comme elle vidait son deuxième verre, elle se leva et alla à la fenêtre. Éric n'était toujours pas revenu.

– Je crois que je vais rentrer à pied.

– Dites-moi ce que vous pensez de la préparation du colloque, l'interrompit le délégué, brusquement sérieux.

Jeanne rappela qu'elle n'était qu'observatrice dans les réunions auxquelles elle participait. Mais la tendance à l'optimisme des représentants des ministères l'agaçait. Tout le monde parlait comme si la crise était finie, et que l'on pouvait indiquer au monde les recettes de l'éradication et de la réussite. Bien qu'elle n'aille plus à chaque cérémonie, elle connaissait les chiffres. Le nombre de contaminés augmentait encore, on enterrait chaque jour. Tout n'était pas terminé. Le vaccin n'était pas prêt.

– Il le sera très bientôt. Je ne suis pas censé le dire, mais votre implication depuis le début de la crise mérite quelques confidences. Nous avons reçu les premiers échantillons. Les tests de mise sur le marché sont en cours. La campagne de vaccination devrait débuter précisément pour la tenue du colloque.

La voiture arriva devant la ligne jaune tracée au sol qui séparait le sol parisien de celui de la banlieue. Depuis l'incident d'Eva, on avait renforcé la sécurité. Les camions franchissaient la frontière, mais pas les hommes. Ils s'arrêtaient précisément sur la limite et l'on effectuait un changement de chauffeurs sous l'œil de deux patrouilles armées, une de chaque côté. Le soldat vint parler à Éric. Il faisait partie des équipes de la capitale et n'avait pas le droit d'aller plus loin. Il demanda si une escorte était nécessaire au-delà. Dhiers répondit :

– Non, je vous remercie. Et n'informez pas de ma présence. Rappelez-vous que les ordres les plus élevés hiérarchiquement ont toujours la priorité. Vous ne m'avez jamais vu. Attendez-nous. Nous revenons dans quelques minutes.

Le militaire voulut dire un mot. Le président tendit la main. Il la saisit et la serra en tremblant un peu.

– Bien, Monsieur. Ce fut un honneur.

La voiture franchit la ligne. Éric n'imaginait pas que passer un mur imaginaire serait si impressionnant. Il savait tout le privilège qu'il y avait à sortir de Paris. En même temps, il sentait qu'un fil le reliant à ses enfants se tendait, au point d'être près de se rompre.

– Tout droit, dit le président. Encore deux cents mètres.

Jeanne se sentait bien. Elle avait l'impression de se trouver au spectacle, et de ne pas pouvoir sortir avant la fin du dernier acte. Elle n'en avait d'ailleurs pas envie. L'entrée, un féroce d'avocat à la créole, avait été succulente. La tête de veau prévue pour le président n'avait pas été présentée. Pour accompagner le potimarron campagnard, Confiant avait choisi un Nuits-Saint-Georges, qu'il coupait effectivement avec un peu d'eau. Jeanne le buvait pur. Ils commençaient la deuxième bouteille quand elle évoqua leur rencontre. Elle se souvenait de l'appel qu'il avait reçu dans le café, et aurait parié que ce n'était pas à sa femme qu'il parlait. Le délégué éclata de rire.

– Vous avez raison. Je suis un incorrigible célibataire. J'avais le Premier ministre au téléphone.

– Je devais partir à Milan le lendemain. Vous m'en avez empêchée avec votre quarantaine.

– Oui, je sais. Vous me l'aviez dit. N'êtes-vous pas fâchée que je vous aie retenue ?

Confiant avait posé sa main gauche sur la table et l'avait avancée. Il caressait la nappe du bout de l'index et du majeur. Jeanne l'observait. *Qu'il m'ait retenue ?* pensa-t-elle.

– Êtes-vous à l'initiative de la fermeture de la ville, Jean-Baptiste ?

– C'est une idée que j'avais eue, et qui a été bienvenue ce jour-là.

Elle le regarda. Il avait une assurance qu'elle aurait voulu posséder. Elle se répéta sa dernière phrase et s'amusa à l'interpréter. L'idée de la quarantaine était bienvenue pour la retenir, pour qu'il la revoie aussi, qu'il vienne la chercher le jour de la porte d'Orléans. Elle réécrivait l'histoire récente, en établissant le compte de ce qu'il avait fait pour se rapprocher d'elle. Et elle n'avait rien vu de son jeu, ou presque.

– Je vous plaisais donc ?

– À qui ne plairiez-vous pas, Jeanne ? Vous pouvez douter de tout, du goût du café ou de la transparence de l'eau, mais pas de vous.

– Ne dites pas de généralités. Répondez-moi.

– Vous me plaisiez.

Jeanne se blottissait dans la conversation comme dans un édredon retrouvé aux premiers jours de l'automne. Elle lui prit la main et il la tira légèrement vers lui. Elle se leva et vint l'embrasser. Il sentait encore le whisky et était rasé avec soin. Il la tenait avec une douceur qu'elle n'aurait pas soupçonnée. Ils allèrent s'asseoir sur le canapé qu'elle occupait une heure auparavant. D'une main, il fit basculer l'interrupteur. La lune apparut à travers la fenêtre. Elle était basse, rougeâtre. On aurait pu la toucher. Jeanne s'allongea en fermant les yeux.

Dhiers était sorti de la voiture. Éric, au volant, le voyait discuter avec un type qui ressemblait aux piliers des *All Blacks* de Nouvelle-Zélande. Comme il avait eu l'habitude pendant des années de regarder la télévision au lit et sans le son pour ne pas réveiller sa femme, il parvenait à saisir quelques mots sur leurs lèvres.

Le président était nerveux. Son interlocuteur avait un accent qu'il ne comprenait pas très bien. Il lui fit répéter le nom de l'île.

– Motu One. « Oné » signifie sable. Ne vous inquiétez pas. Tout est arrangé. Vous aurez un bail emphytéotique de cinquante ans, l'exclusivité de l'accès et la propriété des bâtiments.

– À quel nom ?

– Thiers. Les papiers sont en règle.

Le président eut un sourire désabusé. Il prit dans la poche intérieure de sa veste un ordre bancaire qu'il tendit.

– Attendez, fit-il brusquement. À quelle distance serai-je de Gauguin ?

– À vingt minutes d'hélicoptère. Nous devons partir rapidement.

Dhiers donna le papier. Il fit quelques pas jusqu'à Éric et le remercia en lui répétant ses dernières consignes, puis il grimpa dans une Mercedes noire conduite par le Polynésien. Derrière lui, Paris s'éloignait. Il n'y laissait pas de famille, seulement un monde qui ne lui plaisait plus. Il était d'un autre siècle.

Éric retourna vers la capitale. Quelques minutes plus tard, il faisait des appels de phares. Le soldat le reconnut et l'autorisa à passer. Il aurait aimé savoir si le président avait été content de sa revue des troupes, mais n'arriva pas à l'apercevoir derrière les vitres teintées. Le chauffeur était beaucoup moins assuré, maintenant qu'il était seul dans sa voiture. Il roula aussi vite qu'il put, alla jusqu'à l'Élysée, appela le secrétaire de Dhiers en lui disant que le président venait d'arriver et qu'il se promenait dans le jardin. Il lui faisait dire qu'il pouvait aller se coucher. Puis Éric rentra à Matignon. Il était près de 22 heures quand il arriva dans la cour. Il demanda à voir Confiant. Malgré son insistance, un employé lui dit que l'on ne pouvait absolument pas le déranger. Éric griffonna quelques mots sur un papier que l'autre emporta et glissa sous la porte du salon où l'on n'entendait plus un bruit.

Les enfants du chauffeur dormaient déjà. Éric décida de ne pas les réveiller et s'affala sur un fauteuil. Il était éreinté. Il s'endormit en un instant.

Jeanne ouvrit les yeux brusquement. Il faisait encore nuit, mais elle avait l'impression d'avoir dormi longtemps. La lune avait disparu. Elle se réveillait avant 6 heures chaque matin depuis plus de deux mois, et elle sentait qu'il devait être plus tard que cela. Elle se dégagea du bras de Jean-Baptiste en tâchant de ne pas le réveiller, se leva et enfila sa robe dans l'obscurité. Elle prit ses chaussures et son sac et ouvrit la porte. Le couloir, éclairé, fit apparaître un papier posé à terre. Elle le prit et, comme il était destiné au délégué, alla le déposer délicatement sur le canapé. Elle parcourut ensuite l'étage à la recherche d'un lavabo. Une horloge indiquait 7 h 30. Elle ne trouva pas de toilettes. Elle monta à l'étage supérieur. L'employé qui avait glissé le mot sous la porte du salon la veille la salua sans s'étonner qu'elle soit pieds nus et lui indiqua des sanitaires. Elle fit ses ablutions à grande eau pendant près d'un quart d'heure. Elle y prenait un plaisir nouveau, qu'elle n'avait pas ressenti depuis le début de l'épidémie. Il faisait chaud. Après avoir vérifié que les deux portes étaient fermées, elle s'était mise nue pour prendre ce qui ressemblait à une douche. Trempée, elle se rendit compte qu'elle devait attendre de sécher avant de remettre sa robe. Cela ne la dérangeait pas. Ce matin, elle n'avait pas envie de se dépêcher. Elle ferma le robinet, les yeux et se détendit. Le silence était presque total. Seuls quelques mots lui parvenaient, apparemment de derrière la deuxième porte. Elle s'en approcha. Elle reconnut la voix du Premier ministre qui parlait à une femme qui s'exprimait dans un magnifique français d'ambassadeur. Ils discutaient du colloque à venir et semblaient en désaccord. L'inconnue évoqua l'OMS à plusieurs reprises, en précisant que la position de la France mettait l'organisation dans l'embarras.

– Pourquoi ? demanda Strato. Avons-nous trop bien réussi à passer cette crise ?

– Parlons sérieusement, s'il vous plaît. Votre quarantaine donne un affreux exemple aux pays du Sud. Quand la maladie apparaîtra chez eux, ils seront tentés d'appliquer votre technique d'un autre âge, sans avoir les moyens de traiter les malades, qu'ils parqueront peut-être dans des villes qui deviendront des camps mortifères. Les antiviraux qu'on leur cédera ne seront plus efficaces et, pendant ce temps-là, avec les autres pays du Nord, vous ferez main basse sur les vaccins au fur et à mesure de leur production. Ce virus qui est à peine plus létal qu'une grippe saisonnière ici peut créer là-bas une véritable catastrophe sanitaire.

– Vous me parlez d'un système en place, chère représentante, et vous faites porter à la France toute la culpabilité des pays développés. Croyez-moi, je ne vais pas m'excuser, au nom de mon pays, d'être riche.

– Stoppez au moins cette quarantaine absurde ! cria l'autre. Elle n'a plus aucune justification sanitaire.

– Ne me prenez pas pour un ignorant, dit Strato froidement. Nous savons très bien qu'elle n'a jamais servi la santé. Mais vous me demandez là de casser le moule auquel je tiens le plus. Vous voulez que je tue ma poule aux œufs d'or.

– L'OMS ne participera pas à votre réunion si vous n'avouez pas que la quarantaine était une erreur.

– Bon, ne nous fâchons pas. Vous viendrez au colloque et la France apparaîtra comme le fer de lance mondial de l'excellence sanitaire et économique. Pour la quarantaine, nous trouverons un moyen de nous entendre.

Jeanne décolla lentement son oreille de la porte. Ce qu'elle venait d'entendre la révoltait. C'était presque le contraire des discours tenus dans les réunions de préparation auxquelles elle participait. Elle croyait ceux qui disaient que la fermeture de la ville, même si elle n'avait pas évité que le virus se répande, avait permis de gagner plusieurs semaines sur la préparation du vaccin, en retardant sa diffusion. Elle s'habilla et descendit. Dans le salon où elle avait passé la nuit, on débarrassait la table. Confiant était levé et avait à la main le message d'Éric.

– Jeanne, je croyais que vous étiez partie.

Le vouvoiement lui déplut. Il ne l'avait même pas saluée. Elle ne répondit rien.

– Quelle impression vous a laissé Dhiers, lorsque nous l'avons croisé ?

– Jean-Baptiste, je voudrais qu'on parle de la quarantaine.

Le délégué demanda au serveur de sortir. Il ferma la porte derrière lui.

– Veuillez m'excuser Jeanne, mais je suis contrarié ce matin.

– Est-il vrai que fermer Paris ne servait à rien ?

– Ça ne servait pas à rien. Vous voyez comme tout le monde que la crise est très bien gérée.

– Je ne parle pas de ça ! Est-ce qu'il fallait le faire pour protéger la population du virus ?

– Vous m'ennuyez, à la fin, Jeanne. Il y a d'autres choses plus importantes à faire aujourd'hui que de disserter sur ce sujet.

On frappa à la porte. Confiant ouvrit. Éric était là.

– Vous vouliez me voir, Monsieur ?

– Oui. Jeanne, pouvez-vous nous laisser un instant, s'il vous plaît ?

– Si je pars maintenant, vous ne me reverrez pas.

– S'il vous plaît, Jeanne, dit Confiant en désignant la porte.

Elle n'en revenait pas. Elle jeta au délégué un regard furibond. Éric s'écarta pour la laisser sortir, en chuchotant un mot d'excuse. Confiant soupira. Il demanda au chauffeur de lui répéter ce qu'il avait écrit la veille. Éric expliqua que le président lui avait demandé de faire un tour de la ville en voiture avant d'être déposé à l'Élysée, où il était allé directement dans le jardin. De retour à Matignon, Éric avait essayé de parler à Confiant. Il voulait lui faire part de l'humeur du président, qu'il pensait suicidaire.

– Je m'en doutais, répondit le délégué. Éric, pas un mot à qui que ce soit à ce propos. Vous savez que vous êtes tenu au secret par votre fonction. Je vous remercie de le respecter strictement.

– Bien, Monsieur.

Le chauffeur sortit. Il avait certainement fait le plus difficile. On verrait bien ce qu'il se passerait plus tard.

Confiant regagna son bureau. Il attrapa son téléphone et appela l'Élysée pour savoir si on avait eu des nouvelles du président depuis son appel dix minutes auparavant. Aucune trace, s'entendit-il répondre. Strato entra alors sans frapper.

– Confiant, j'étais en rendez-vous. Qu'y a-t-il de si urgent ?

Le délégué raccrocha.

– Le président Dhiers a disparu.

– Voilà autre chose, dit le Premier ministre en s'asseyant. Racontez-moi ça.

Jeanne, dans la rue, courait. La lumière du matin commençait à apparaître, dévoilant lentement un ciel bas et blanc. Le talon de sa chaussure droite se coinça dans une plaque d'égout. Elle tomba en avant, jura et s'assit sur le bord du trottoir en commençant à pleurer. Un homme vint vers elle.

– Mettez un masque, c'est obligatoire. Oh, mais vous ne seriez pas…

– Je ne suis personne ! hurla-t-elle.

Elle détestait tout. La rue affreuse, violente, le froid qu'elle sentait manger ses orteils et ses doigts, les passants autour d'elle, indifférents comme des bouchers à l'abattoir. Ses jambes lui faisaient mal. Elle releva sa robe. Ses genoux étaient en sang. Elle maudit la ville. Si Flaubert, au XIXe siècle, avait assassiné la province dans *Madame Bovary*, elle, aujourd'hui, souhaitait voir mourir Paris. Elle n'avait rien compris de ce qui s'était passé jusqu'à présent et s'était prêtée aux exigences des gens qu'elle avait croisés. Elle voulait un exil, une retraite, un monastère.

Elle vit un flocon se poser sur sa jambe, aussitôt rosi par une goutte de sang. Plusieurs autres suivirent. Les piétons n'y prêtaient pas attention. Jeanne leva les yeux. La neige flottait, à peine secouée par une brise irrégulière. Une mouette cria avant de se poser sur le trottoir d'en face. Jeanne, la regardant pencher la tête vers la gauche, avait l'impression que l'animal l'observait. Des deux côtés de la rue, on faisait le même écart pour éviter la jeune femme et l'oiseau. La mouette s'envola. *Elle doit avoir faim*, pensa Jeanne. Elle se leva et rentra chez elle, pieds nus. Elle prit un bain et un thé chauds en arrivant, et se décida à appeler Herbert.

Hiver

8

L'étudiant perpétuel s'était fait un plaisir le jour de la prise de la Sorbonne. Il avait réussi à franchir, avec quelques camarades, les barrages que les CRS avaient dressés avant de disperser la foule. Ils s'étaient fait passer pour des employés de bureau, serviette à la main et, grâce à un passe-partout, avaient pu pénétrer dans l'université par une porte de secours. À quatre, deux filles et deux garçons, ils avaient investi un amphi. De là, ils avaient entendu ce qu'il se passait dans la rue et avaient suivi, par SMS, la débandade de leurs camarades restés dehors. Durant deux heures, ils avaient reçu des messages, des vidéos, et avaient compati au sort de ceux qui n'avaient pas eu leur talent ou leur chance. Puis tout s'était calmé. Il avait fallu décider de ce que l'on allait faire. Ils avaient tenté de rameuter du monde, mais on leur avait expliqué que la police restait campée sur ses positions, protégeant l'établissement. Ils avaient pensé que l'étau se desserrerait à un moment. Ils n'avaient qu'à attendre. Quelques heures plus tard, ils pourraient certainement faire entrer leurs camarades.

Le premier jour, ils avaient pris soin d'être discrets, au cas où des gardiens seraient restés dans les locaux. Ils s'étaient assis dans un coin de l'amphithéâtre et avaient parlé bas, à trois, pendant que le dernier faisait le guet depuis le couloir. Le soir, ils avaient acheté à manger et à boire aux distributeurs. Ils avaient mis l'argent en commun. Ils s'étaient endormis ensemble vers 3 heures du matin, en abandonnant la surveillance : il était évident qu'ils étaient seuls.

Le lendemain, Herbert avait toussé au réveil. Il ne manquait plus, enfermés là, qu'ils attrapent la grippe, avait-il plaisanté. Les autres n'avaient qu'à moitié ri. Ils avaient changé de sujet et utilisé leurs dernières pièces pour le petit-déjeuner. Leurs billets ne serviraient à rien. Renseignements pris, la police cernait toujours le bâtiment. Ils avaient appris dans l'après-midi que des émeutes avaient commencé sur la place de la République. Ils avaient repris espoir, mais la faim les tiraillait. On avait pensé à forcer le distributeur, on avait essayé un peu, mais on avait échoué. Ils n'avaient pas voulu aller jusqu'à en casser la vitre, pour ne pas être accusés *a posteriori* d'avoir détérioré du matériel. Comme il n'y avait pas grand-chose d'autre à faire que patienter, ils s'étaient promenés dans les couloirs et avaient fini par découvrir deux lits d'appoints dans des placards de bureaux administratifs. Des suppositions avaient été émises sur leur usage, ce qui avait fait beaucoup rire. Ils s'étaient couchés tôt, en improvisant des couples qui s'étaient serrés sur les couchettes étroites.

Herbert avait été le premier à se lever le lendemain, réveillé par un appel sur son portable. On lui annonçait que la ville était fermée. Il n'avait pas voulu y croire. Il avait secoué les autres. Après un coup de téléphone, la quarantaine leur avait été confirmée. La police, d'ailleurs, quittait les abords de la Sorbonne. Herbert était l'unique Parisien du groupe. Les autres habitaient dans une résidence universitaire à la porte des Lilas, de l'autre côté du périphérique. Ils avaient compris qu'ils ne pourraient pas y retourner. La stupeur avait été complète. En quelques minutes, ils avaient conclu qu'il était absurde de rester enfermé là, alors que l'on était aussi bien enfermé dehors. La petite troupe était donc sortie et était allée manger dans le premier bistrot trouvé. Après deux chocolats chauds, Herbert avait eu une idée. Ils n'avaient qu'à tous venir s'installer chez lui. Avant de partir vers Montmartre, ils avaient repris chacun un croissant pour fêter cette résolution.

Lorsqu'Herbert reçut l'appel de Jeanne en ce premier jour d'hiver, il montra un enthousiasme hors du commun. Il fit référence au solstice et à un rêve qu'il avait fait la nuit précédente. Elle lui demanda prosaïquement si elle pouvait venir le voir, ce qu'il accepta avec cette phrase mystérieuse.

– Oui, bien sûr, viens. Tu nous donneras des nouvelles du monde.

En traversant Paris à pied, Jeanne se demandait ce qu'Herbert avait pu vouloir dire. Elle en arriva à la conclusion qu'il devait appeler ainsi les sphères de pouvoir et les médias qu'elle côtoyait depuis trois mois et qu'il avait toujours regardés avec défiance.

Jeanne avait l'impression de traverser un Paris de boule à neige. Ce qu'elle voyait maintenant ne ressemblait pas à ses souvenirs de l'été ou de l'hiver précédents. Les seuls véhicules circulant dans la capitale étaient les camions de l'armée ravitaillant les magasins, les véhicules officiels et quelques voitures particulières, si rares qu'elles faisaient figure d'ovnis. Le service de transport en commun de remplacement, mis en place dès le début de la quarantaine, utilisait des minibus, désinfectés après chaque parcours, et qui se contentaient de desservir un quadrillage de grands axes. Les vélos, que Jeanne apercevait quand elle circulait dans la voiture d'Éric, redoutaient aujourd'hui la chaussée glissante. En empruntant les petites rues du quartier Saint-Germain au bitume caché sous trois centimètres de poudreuse, elle aurait pu se croire à une autre époque. Notre-Dame apparut sur sa droite, immuable. L'église vomissait sur sa place un flot de fidèles habillés de sombre, dont la seule note claire était le masque que chacun portait sur le visage. Il y avait donc, en pleine semaine, des offices religieux qui emportaient les suffrages d'une partie de la population confinée.

Jeanne traversa la Seine et emprunta, se souvenant de sa rencontre avec la milice, la rue Saint-Denis. Il était 11 heures du matin et les sex-shops étaient tous ouverts. Un véhicule de police la dépassa, laissant sur la neige deux traces brunes crantées. Il s'arrêta un peu plus loin. Une femme d'un certain âge vint à la fenêtre du conducteur. Elle portait une jupe en Skaï et un boléro en simili fourrure largement décolleté. Elle se pencha en avant en prenant appui sur la portière. Jeanne était trop loin pour entendre ce qui se disait. Comme elle arrivait à leur hauteur, les policiers repartirent. La prostituée interpella Jeanne.

– Salut chérie, tu viens te réchauffer un peu à l'intérieur ?

Jeanne la regarda, montra un bar proche et lui proposa un verre. La prostituée accepta en riant.

La salle du café ne faisait pas plus de douze mètres carrés. Il ne restait qu'une seule table libre. Toutes les autres étaient occupées par des hommes au physique de videur et des femmes qui travaillaient dans le quartier. Jeanne commanda un thé à la patronne qui occupait toute la place disponible derrière le comptoir. Au-dessus d'elle, entre des bouteilles de rhum à moitié vides, trônait un vieux téléviseur allumé. On y voyait défiler les derniers chiffres de l'épidémie : 7632 malades et 221 morts en France.

– Alors, on te voit plus souvent à la télé que chez nous, commença l'autre. Où sont les photographes et les caméras ?

Jeanne ne pensait pas que son image existait jusqu'ici. Elle changea de sujet. Elle s'étonnait que le commerce de la rue Saint-Denis ait l'air de fonctionner normalement.

– Normalement, tu rigoles ? On a des clients comme jamais. On travaille plus le jour et moins la nuit, c'est tout. Mais on a baissé les tarifs, tu sais. On l'avait déjà fait avec la crise. Là, c'est vraiment du discount. Mais il n'y a rien à dire. On n'a plus de problème maintenant. Moi-même, je suis contente. Je couche mes petits-enfants le soir, et je gagne autant qu'avant.

Jeanne buvait son thé à petites gorgées en soulevant légèrement son masque. Autour d'elle, certains le baissaient entièrement sous le menton, avalaient leur café et attendaient que l'imposante barmaid exige qu'ils le remettent.

– Tu vois ce qu'ils font, eux, dit la prostituée qui avait vu ce que Jeanne regardait. Eh bien, les clients, par exemple, ne baissent jamais le masque. Tu veux savoir ? Je ne suis même plus obligée d'insister pour le plastique. C'est comme s'ils croyaient que la grippe peut s'attraper par là.

Les yeux de Jeanne sourirent au-dessus du tissu blanc.

– Tu es belle comme je l'étais à ton âge, reprit-elle. Sais-tu où j'habitais, à l'époque ? À Berlin-Est. Ne me demande pas pourquoi ou comment… Allez, je vais te dire. C'est bien de savoir les choses. Dans mon village, on aimait la politique, et moi, j'aimais les communistes. Des médecins sont venus directement de la RDA chez nous, en échange humanitaire et culturel. J'avais dix-huit ans et la varicelle. Il y en a un qui m'a soignée, et je suis repartie dans ses bagages ! Ce n'était pas difficile pour nous d'aller là-bas, ça faisait partie de l'échange. J'ai découvert la ville, le froid et la langue allemande. Telle que tu me vois, je parle six langues, mais c'est l'allemand que je connais encore le mieux. Quand le médecin est reparti en mission en Afrique, moi, je n'avais plus le droit de sortir de la ville, et je me suis débrouillée. Eh bien, crois-moi si tu veux mais, là-bas, c'était calme comme ici, tout aussi bien surveillé. J'ai commencé à travailler, et les garçons allemands étaient aussi sages que les Français aujourd'hui. C'est ce que je dis toujours : nourri entre quatre murs, on est toujours plus doux qu'affamé dans la savane ! Si tu ne me crois pas, regarde le lion au zoo, tu peux entrer dans la cage quand il a eu sa bectance, alors que dans la brousse, tu ne peux jamais savoir !

Elle éclata de rire. Jeanne essaya de réfléchir sur la part de sophisme qu'il y avait dans le discours de cette femme, avant de s'abandonner à rire avec elle. Son portable sonna. Elle le sortit de sa poche. C'était Confiant. Elle l'éteignit.

– Ah, ça, je suis sûre que c'est un homme qui appelle, dit l'autre. Mais les femmes ne sont pas faciles. Attention, messieurs !

Jeanne frappa à la porte d'Herbert vers midi. Rien, à l'intérieur de l'appartement, ne ressemblait à ce qu'elle avait connu pendant ses trois années de colocation. On y trouvait à présent une accumulation d'objets hétéroclites et improbables, comme chez un antiquaire spécialisé dans le New Age. Herbert lui fit une revue de détail de l'installation. La machine ovale et blanche, posée sur la table, émettait à chaque bip un flux d'ions positifs dans la pièce. Sur l'étagère, tout en haut, un globe tronqué diffusait un brouillard d'humidité qui dégringolait vers le sol en disparaissant. À l'autre bout du salon, par terre, ce qui ressemblait à un climatiseur ronronnant était finalement un déshumidificateur d'air. Aux quatre coins du salon, comme aux points cardinaux, des coussins renfermaient des aimants aux vertus thérapeutiques. Herbert avait organisé toute cette mécanique. Il était, depuis trois mois, passionné de néosciences et n'appliquait ici que ce dont l'efficacité sur la santé était prouvée. Il possédait aussi un anneau à l'auriculaire de la main droite qui, entre deux couronnes d'or, enfermait des éclats de météorite, mais il n'était pas certain de son utilité : il le portait à titre expérimental. Fleur, sa compagne depuis le début de la quarantaine, avait pour sa part posé des tapis tibétains sur les murs. Selon elle, les seules épidémies que ce peuple avait eues à subir provenaient des invasions. Elle cherchait à retrouver, au contact de la laine de mouton du Tibet tissée en nœud Sennah à boucle double, l'inspiration millénaire qui leur avait insufflé une résistance physique légendaire. Jeanne approuva. Elle voulut savoir s'ils habitaient seuls ici. C'était le signal qu'attendait Herbert pour poursuivre la visite. Il lui parla de Sam et Déborah qui avaient emménagé dans la chambre qu'elle occupait avant de partir. Jeanne demanda ce qu'ils pensaient des aimants et des tapis.

– Ils nous laissent nous en occuper, répondit-il. Eux, ils se chargent de la nourriture. Ça leur prend toutes leurs journées pour trouver des produits biologiques. Il y en a, à Paris, il suffit de bien chercher. Mais tout est transporté par camion, tu sais bien. Ce n'est pas écologiquement acceptable de manger des produits déplacés de cette manière-là. Il y aurait pourtant une solution. Les trains de passagers ne circulent plus. Les petits producteurs pourraient, en province, déposer leurs cartons dans les TGV, et des bénévoles iraient les décharger à Montparnasse ou à la gare du Nord. Une crise pareille est l'occasion de repenser totalement le système. Tu ne pourrais pas, toi, suggérer qu'on fasse différemment ?

– Je ne suis pas certaine d'avoir envie de suggérer quoi que ce soit, dit Jeanne.

– Je n'aime pas te voir dans un tel état. Je ne t'ai pas toujours connue aussi réservée.

– Et je ne t'ai pas toujours connu aussi enthousiaste.

– Imagine-toi, je me lève tous les jours à 6 heures ! s'exclama Herbert.

Il poursuivit en expliquant les rites pratiqués dans l'appartement. Déborah était juive, Sam, protestant méthodiste, Fleur, panthéiste et lui, agnostique, mais ayant été élevé dans le catholicisme et s'intéressant à la franc-maçonnerie. Ils partageaient leurs jours saints, leurs bénédicités, leurs fêtes et leurs prières dans la plus stricte tolérance de chacun. Jeanne savourait un thé curatif en essayant de démêler les explications et de visualiser les détails de la vie quotidienne dans cet appartement. Elle demanda à Herbert si, avec tout ce déballage de spiritualités, il avait une idée de là où l'on allait.

– De qui tu parles ? De l'humanité, de la Création ?

– Non, des Parisiens, dit Jeanne en plaisantant.

Il réfléchit un moment et lâcha, avec un excès de sérieux :

– Je n'en sais rien. Mais si nous allons quelque part, je finirai bien par le savoir.

Ils restèrent silencieux un moment. Herbert, les yeux mi-clos, semblait absorbé par la méditation de sa propre phrase. *Ou alors il s'endort*, pensa Jeanne. Elle se rappela qu'elle n'avait pas rallumé son téléphone.

– Je me sauve, dit-elle.

– Tu ne veux pas attendre les autres ? Ils ne devraient pas tarder. Tu goûteras à la cuisine de Sam.

– Merci, une autre fois.

Confiant avait essayé de l'appeler trois fois et lui avait laissé un message. Il s'excusait de sa précipitation du matin et lui demandait d'appeler sa secrétaire pour confirmer ses rendez-vous des jours à venir. *Il s'adresse à moi comme un supérieur hiérarchique qui craint de perdre un de ses éléments*, pensa Jeanne. Elle monta dans un minibus qui la ramena près de chez elle. À l'intérieur, le calme était inquiétant. Les passagers montaient et descendaient dans un silence complet. Le véhicule roulait lentement et passait sans s'arrêter les feux du boulevard Magenta, tous à l'orange clignotant. Il ne neigeait plus. Le ciel se dégageait, et un bleu pâle, lavé, éclairait mollement la ville. Jeanne descendit sur le boulevard Saint-Michel et parcourut à pied les derniers mètres qui la séparaient de chez elle. La voiture officielle attendait devant son immeuble. Jeanne passa en l'ignorant. Éric en sortit et la rattrapa.

– Monsieur Confiant m'a demandé de passer vous prendre. Je suis là depuis une heure.

– Dites-lui que je ne pense pas aller le voir pour l'instant.

– Je suis désolé. Il a insisté. Il a pensé que je saurais vous convaincre.

Jeanne blanchit.

– On ne convainc pas une femme. On lui laisse l'impression de décider !

– Excusez-moi, Mademoiselle. Je suis séparé de la mère de mes enfants. Vous me parlez d'un sujet dans lequel je n'ai pas fait mes preuves.

– Pardon, Éric, tout ça ne vous concerne pas. Retournez à Matignon. Vous ne m'avez pas vue.

– Il vous cherchera.

Les derniers mots du chauffeur la laissèrent pensive.

– S'il sait s'y prendre, il me trouvera.

Éric la regarda sans sourire et regagna sa voiture. Excitée comme une adolescente persuadée qu'elle fait une erreur, Jeanne monta chez elle et remplit une valise. Une heure plus tard, elle frappait de nouveau chez Herbert. Elle avait l'impression de partir en voyage. Cette sensation lui manquait.

9

Dans l'appartement d'Herbert, on ne suivait pas ouvertement les informations. Tout ce qui émanait de la presse officielle ou de la télévision était sujet à caution. Non pas que l'on y avançât l'hypothèse, comme quelques originaux l'avaient fait au début de l'épidémie, d'un complot généralisé où le virus aurait été créé par des laboratoires pharmaceutiques voulant vacciner la Terre entière, mais on regardait d'un œil soupçonneux les communications du gouvernement. On préférait les réseaux parallèles, les blogs et les sites communautaires où les nouvelles, à force d'être recoupées, comparées et commentées finissaient par donner un aperçu plus ou moins fidèle de la situation. Grâce au respect mutuel et à la discrétion qui régnait au sein du petit groupe, personne n'avait parlé à Jeanne de ses anciennes fonctions. Les deux couples pensaient d'ailleurs que la jeune femme regrettait de s'être ainsi approchée du pouvoir et vivait avec eux, dans un silence presque permanent, une sorte de rédemption. Ils l'accueillaient comme une sœur prodigue et ne lui reprochaient pas de rester à l'écart de leurs efforts mystiques, pseudo-scientifiques, religieux ou nutritionnels dirigés contre la grippe.

Fleur, néanmoins, cultivait sans rien dire une curiosité à son égard. Chaque nuit, elle rêvait qu'elle était elle-même en charge du poste officiel et qu'elle posait pour des photographes, donnait des interviews et souriait publiquement pour soulager l'enfermement des Parisiens. Tout cela lui semblait tellement réel quand elle se levait le matin que, en quelques jours, elle se sentit proche de la nouvelle colocataire. Et au fond d'elle-même, elle lui enviait ce rôle d'ambassadrice qu'elle prenait plaisir à endosser chaque nuit.

Le quatrième jour, Fleur découvrit sur un blog l'annonce du décès de la mère de Jeanne. Une photo de la tombe prise par un internaute illustrait l'article. Elle sortit alors de sa réserve et alla parler à la jeune femme, se révélant subitement prolixe. Elle ne s'était pas doutée que Jeanne était en deuil, elle était de toute son âme avec elle, elle ne savait pas ce qu'elle pouvait faire pour lui être agréable, mais si quoi que ce soit pouvait la soulager…

Jeanne ne comprit pas immédiatement. Fleur dut lui montrer la photo pour qu'elle prenne conscience de ce qui se disait à son propos. Elle resta muette. Il y avait une couronne de chrysanthèmes, une pierre en granit rose avec une écriture dorée. Rien de tout cela n'aurait plu à sa mère. D'autres qu'elle, des amis, des inconnus peut-être, s'étaient chargés d'organiser ce qu'elle seule aurait dû faire. Elle se souvint qu'elle avait refusé de donner des directives par téléphone après le décès et qu'elle n'avait pas osé demander à voir des images de la cérémonie. Alors qu'elle était toute à sa rancœur de femme délaissée par un amant indélicat, on lui montrait ce à quoi elle refusait de penser. Ses états d'âme lui parurent d'un coup mesquins. Elle ne fut pas longue à saisir que le décès avait été utilisé comme excuse de sa disparition. Confiant était certainement à l'origine de cette initiative. Il faisait preuve, décidément, d'une délicatesse de légionnaire.

– Crois-tu que tu reprendras ton poste quand tu iras mieux ? lui demanda Fleur.

– Je ne pense pas.

L'émotion suscitée par l'absence de la figure la plus agréable du paysage télévisuel fut vite remplacée par une autre information. Le président Dhiers était souffrant. Il n'avait pas la grippe, et son état de santé lui permettait pour l'instant de continuer à assumer ses fonctions – « lesquelles ? » interrogeaient les plus moqueurs –, mais une longue maladie l'éprouvait. Des images, sorties des réserves officielles, le montraient au lit, en train d'apposer sa signature au bas d'un document quelconque. On n'émit aucun doute quant à la véracité de l'annonce. Seule la nature de l'affection laissait perplexe. Beaucoup se disaient que le virus était responsable, et que l'on préservait le moral des Français en travestissant un peu la vérité. Sam et Déborah pensèrent à la nourriture présidentielle qui devait laisser à désirer, Herbert tournait machinalement sa bague autour de son doigt quand on parlait du chef de l'État, et Fleur était certaine que Jeanne devait connaître la vérité sur cet homme qu'elle avait certainement eu l'occasion de croiser.

La compagne d'Herbert se désespérait de voir que l'ancienne ambassadrice refusait de sortir de sa tristesse. Elle commença à tenter ce qu'elle pouvait pour l'aider. Elle lui céda un tapis pour sa chambre. Elle lui prêta un livre sur la vie quotidienne au Bhoutan. Elle proposa de l'amener déjeuner dans un restaurant indien clandestin, au dernier étage d'un immeuble de la rue des Martyrs. Comme elle connaissait les propriétaires, elles auraient droit à une table près de la fenêtre, avec une vue magnifique sur les dômes byzantins du Sacré-Cœur. Jeanne accepta poliment les petites attentions, mais refusa l'invitation à sortir. Elle ne voulait pas croiser des gens susceptibles de la reconnaître.

Ce que Fleur prenait pour un gros chagrin était en réalité une grosse colère qui dura près de dix jours et qui se termina par une grande fête. On sentait que la fin de la crise était proche. Avec, en France, un peu plus de 10 000 malades et 302 morts, on savait que la contamination continuait, et que l'on mourait statistiquement de la grippe autant qu'avant. Le redoublement de virulence auquel on avait préparé la population n'était toujours pas arrivé. Les laboratoires faisaient déjà parvenir les premiers vaccins et l'on n'attendait que la fin du processus de test pour en faire profiter les Parisiens. La soirée de Nouvel An pouvait donc être célébrée dans l'optimisme. Le gouvernement décida que l'on offrirait aux habitants de la capitale un événement digne de leur engagement des trois mois passés. Partout dans la ville, des podiums seraient montés pour accueillir les groupes qui souhaiteraient se produire : on utilisait le succès traditionnel de la fête de la musique pour s'offrir un peu de plaisir assuré en pleine quarantaine hivernale. Bien entendu, les consignes sanitaires restaient strictes : tout le monde, y compris les chanteurs, devait conserver un masque sur le visage ; les regroupements n'étaient tolérés que jusqu'à six personnes ; l'espace entre deux groupes devait excéder deux mètres ; pour finir, on n'avait pas le droit de rester statique. Sous ces conditions, on s'accordait à penser que les risques de contagion étaient tout à fait réduits. Et, pour ajouter une touche de gaieté parmi les contraintes, il était autorisé de décorer les masques antigrippe.

C'était la première sortie de Jeanne depuis qu'elle avait emménagé chez Herbert. Elle se rendait compte qu'en exagérant ainsi sa claustration, elle n'arrangeait en rien son moral. Elle ressassait la discussion écoutée à Matignon. Les raisons de la quarantaine, si elles n'étaient pas sanitaires, lui échappaient totalement. Elle avait le sentiment d'avoir été dupée, à exécuter sans broncher son petit travail de représentante du gouvernement. Et, surtout, elle ne digérait pas la conduite de Jean-Baptiste. Mais, comme l'enfant qui boude dans sa chambre, elle avait besoin d'une excuse pour changer de comportement. La Saint-Sylvestre la lui fournissait. Elle passa l'après-midi à se préparer, permettant à Fleur de lui trouver des vêtements, de la maquiller et de se charger du grimage de son masque. Jeanne se laissait faire en se rappelant ses toutes premières séances photo, quand elle était encore gênée d'être au centre de l'attention, mais qu'elle y prenait un plaisir total, sensuel et inavouable. Fleur lui faisait du bien.

Une fois qu'elle fût prête, elle dut attendre quelques instants pour que les autres finissent de se préparer. Elle se décida à écouter les messages de son téléphone portable, qu'elle n'avait pas consulté depuis qu'elle était là. Les deux premiers jours, Éric avait appelé plusieurs fois, lui demandant de contacter Matignon dès que possible. Le timbre de sa voix était monocorde. Il avait dû obéir à un ordre sans faire de zèle. Un message de Confiant suivait. Il s'excusait, ni plus ni moins. Ensuite, rien jusqu'à ce matin. Jean-Baptiste avait à nouveau appelé. Il lui disait qu'il serait ce soir sur la place de l'Hôtel-de-Ville et lui souhaitait une bonne année car il ne savait pas s'il aurait l'occasion de lui dire de vive voix. Sans se l'avouer, Jeanne se sentait victorieuse. Elle rejoignit les autres dans le salon. Les masques arborant des motifs bucoliques ou géométriques n'étaient pas beaux, mais plutôt comiques. Fleur en tendit un à Jeanne pour qu'elle l'essaye. Elle avait redessiné la bouche et le nez avec soin et, au fond de teint, avait retrouvé la couleur de peau de la jeune femme. Elle lui avait même ajouté un grain de beauté sur la joue gauche. Jeanne l'enfila et n'eut pas besoin de miroir pour vérifier qu'il était réussi. Les autres étaient sans voix. Herbert toussa pour rompre le silence et demanda :

– Où va-t-on ? Il paraît qu'il y aura un feu d'artifice sur la Seine, au-dessus de l'Île de la Cité.

– On pourrait aller à l'hôtel de ville. On le verrait très bien.

Jeanne n'avait formulé aucun désir depuis qu'elle était arrivée à l'appartement. Personne ne pensa à lui refuser celui-ci.

Confiant sortit à 18 heures de son bureau de Matignon, avec un costume sombre, un manteau, un chapeau noir et un masque sur lequel il avait dessiné des moustaches de chat. Il voulait, incognito, évaluer sa soirée du 31 décembre version épidémique. Il marcha sans s'arrêter, comme il l'avait lui-même exigé, pendant près de trois heures. Avançant au hasard, croisant les patrouilles de policiers, de gendarmes et de CRS sans se faire reconnaître, il ne prit la pleine mesure de la fête qu'en arrivant sur la place de l'Hôtel-de-Ville. Une scène avait été montée contre la façade du bâtiment et des chanteurs parisiens se relayaient. On les devinait engourdis par le froid. Malgré le micro, les paroles peinaient à franchir le masque sanitaire. Un magma de musique et de textes arrivait écorné aux oreilles des passants. Ceux-ci, parfois seuls, mais généralement par groupes de trois ou quatre personnes, clairsemaient la grande place, slalomant, dessinant méthodiquement de larges cercles ou longeant les murs. Confiant, lui-même perdu au milieu, comprenait toute la difficulté d'obéir en même temps à la règle des deux mètres et à celle du mouvement permanent. Et ces exigences, puisque l'on s'efforçait de s'y soumettre, étaient si prenantes que l'on en oubliait pourquoi on était venu, et le chanteur bêlait finalement dans le vide pour une foule plus ou moins indifférente à sa musique.

Confiant riait intérieurement. *Je suis certain que même à Pyongyang, on n'a jamais vu concert si absurde,* pensa-t-il. Puis il se souvint de la discussion qu'il avait eue l'après-midi-même avec le Premier ministre. La crise s'essoufflait. Il considéra la foule dispersée avec une sorte de mélancolie.

– Jean-Baptiste ? Jean-Baptiste !

Sortant de ses pensées, il croisa le regard de Jeanne qui, à quelques mètres sur sa droite, l'interpellait. Elle tournait sur la place depuis plus d'une demi-heure. Le délégué sourit avant de voir les quatre personnes qui l'accompagnaient.

– Jeanne ! dit-il en baissant son chapeau. Paris est donc petit pour que nous nous retrouvions si facilement.

– Paris fermé est sûrement plus petit qu'ouvert, répondit la jeune femme.

Elle lui présenta ses amis. Sam et Déborah, ayant reconnu Confiant, partirent. Ils s'étaient adaptés à la quarantaine, mais il ne fallait tout de même pas leur demander de saluer l'un de ceux qui les avaient séquestrés dans une ville qui n'était pas la leur.

– Je vous présente Fleur et Herbert, dit-elle.

La jeune femme resta muette. Elle n'en revenait pas que Jeanne appelle le délégué par son prénom. Par une sorte d'intuition, ou parce que l'ancienne ambassadrice avait subitement une voix un peu altérée, elle sentit qu'un enjeu intime planait. Herbert, lui, ne voyait rien d'autre qu'un des hommes politiques dont on parlait le plus depuis trois mois.

– Monsieur le ministre, s'entendit-il dire avec une intonation presque mielleuse qui le surprit lui-même.

Confiant sourit.

– Je vous remercie, mais ceci est réservé aux véritables ministres et, non sans flatterie, aux secrétaires d'État. Je ne suis que délégué interministériel, ce qui, pour tout dire, est peu de chose.

Ils étaient toujours séparés d'un peu plus de deux mètres, mais s'étaient arrêtés. Avec la distance et la musique, il fallait presque crier pour se faire entendre. Confiant jeta un coup d'œil rapide aux patrouilles qui cernaient et traversaient la place et s'approcha des trois promeneurs.

– Peu de chose ? reprit Jeanne. Pas de fausse modestie. Vous avez édicté les règles de vie de plusieurs millions de personnes. Tout ça, là, dit-elle en étendant le bras pour désigner la place et la ville entière, tout ça, c'est vous.

Confiant était gêné par ce qu'elle lui disait, et par le fait qu'elle ne soit pas seule.

– Marchons, dit-il doucement à ses interlocuteurs.

Personne ne prenait la parole. Pour combler le vide créé par les derniers mots de Jeanne, Jean-Baptiste se fit disert, parlant de sa situation comme en confession. Il dit humblement qu'il ne maîtrisait rien, finalement, de ce qui se déroulait à Paris. Sa signature n'avait même aucune valeur sur les documents officiels. Il proposait, le président, par pure forme, approuvait, puis le Premier ministre décidait. Herbert s'étonna. Confiant renchérit.

– Moi, comme un autre, je dois m'adapter aux circonstances et à ceux qui dirigent. Je ne fais pas ce que je veux.

Il s'interrompit. Il cherchait dans les yeux de Jeanne à deviner ce qu'elle pensait. Fleur sentait qu'ils dérangeaient.

– Nous allons vous laisser, dit-elle.

Herbert, à regret, se laissa entraîner plus loin. Jeanne les suivit des yeux.

– Vous voulez les accompagner ?

– Je me pose la question, répondit-elle avec défi.

– Écoutez…

– C'est toi qui as décidé de parler de la mort de ma mère ?

C'était un tutoiement assassin.

– J'ai essayé de vous appeler avant. On m'a demandé de fournir une justification.

– Il a fallu s'adapter aux circonstances, reprit Jeanne, c'est cela ?

Le téléphone portable du délégué sonna. Il regarda d'où venait l'appel et hésita un instant.

– Je dois répondre, dit-il.

– Bien sûr !

Il s'écarta. Jeanne l'observait. Il s'était placé à une dizaine de mètres et ne la regardait pas. Un militaire s'approcha d'elle et lui demanda de circuler. Elle soupira et s'en alla. Quelques secondes plus tard, Confiant lui courait après en l'appelant.

– De bonnes nouvelles ? demanda-t-elle, glaçante.

Le délégué réfléchit quelques secondes. Sa bonne humeur était visible.

– Oui. Un vieil ami vient de me souhaiter un bon réveillon.

Il n'avait pas l'air décidé à en dire plus. Jeanne le regarda une dernière fois.

– Au revoir, monsieur Confiant.

– Je voulais vous dire que vous pouviez reprendre votre poste.

– Ça ne serait pas une bonne idée.

Elle partit lentement, toute son attention tendue vers l'arrière, s'attendant à être retenue, mais s'empêchant de se retourner. Fleur, qui l'observait de loin depuis qu'elle s'était écartée, s'approcha.

– Ton ami est parti ?

Jeanne jeta un coup d'œil et ne le trouva pas.

– Oui.

– Tout va bien ?

– Très bien.

10

Ces derniers mois, Éric avait vécu les jours les plus exaltants et les plus éprouvants de sa carrière. Il calait le plus souvent ses journées de travail sur le couvre-feu, se retrouvant ainsi au volant de sa voiture de 6 à 22 heures. Bien entendu, il n'y était pas obligé, mais il y prenait plaisir, accumulant dans sa mémoire des souvenirs exceptionnels : la déclaration de la quarantaine, le discours de Jeanne à la porte d'Orléans, ses interventions dans la capitale et, surtout, la fuite du président Dhiers.

Ses enfants parlaient de mieux en mieux l'anglais et se plaignaient de plus en plus des horaires de leur père. Ils le voyaient, bien sûr, entre deux courses, lorsqu'il laissait quelques instants son véhicule et venait boire un café à l'office, mais ils regrettaient le temps d'avant, quand l'horloge leur indiquait sans erreur quand Éric rentrerait, et quand il était systématiquement présent pour les mettre au lit. Un jour, sa fille lui avoua :

– J'en ai assez, maintenant, je veux maman.

Il tenta d'expliquer de nouveau la fermeture de la ville, et lui dit qu'elle lui parlerait, comme tous les jours, sur son ordinateur, mais la petite ne voulait rien entendre. Elle se mit en colère, pleura. Éric fit appel à son fils pour l'aider. Le garçon fut, comme d'habitude, pragmatique :

– Elle est comme ça parce qu'elle a peur des piqûres, c'est tout.

Dans la plus grande discrétion, on commençait les vaccinations prioritaires. Le 5 janvier, ce fut au tour du personnel de Matignon, dans l'ordre décroissant de la hiérarchie. La fille d'Éric avait vu la nurse se faire piquer en milieu d'après-midi. Le chauffeur et ses enfants eurent droit au sérum dans la soirée.

À l'hôpital Necker, les infirmières, après s'être mutuellement vaccinées, tirèrent à la courte paille celle qui irait faire l'injection au directeur. La représentante du personnel tomba sur l'allumette coupée en deux. Elle accepta son sort avec résignation, attrapa dans le carton une dose de sérum et la feuille d'attribution avant d'aller frapper à la porte du bureau. Elle entendit une vague réponse qu'elle ne comprit pas, et essaya d'ouvrir. Quelque chose bloquait. Elle força et entendit un craquement.

– Vous avez cassé mon verrou !

Le directeur était assis sur son fauteuil. Il avait ôté sa veste et remonté sa manche de chemise jusqu'en haut de son épaule gauche. Il venait de se planter une aiguille dans le bras quand l'infirmière était entrée. La mini-seringue pendait alors qu'il gesticulait.

– Eh bien, entrez maintenant. Ce n'est pas dramatique, nous ferons changer la porte.

Il avait retrouvé son calme en une seconde. Il termina son injection et souffla.

– Que puis-je faire pour vous ?

L'infirmière ne savait pas quoi dire. Elle montra le vaccin qu'elle avait amené.

– Je ne vous aurais pas dérangée pour ça, voyons. Je viens de le faire moi-même. J'ai trois chats à la maison, et je me charge de les piquer.

Il avait sorti une compresse désinfectante et essuyait une goutte de sang qui était apparue lorsqu'il avait sorti l'aiguille.

– Quand je dis piquer, je parle de vaccin. Il faut être vétérinaire pour pratiquer l'euthanasie. Personnellement, je n'y arriverais pas. Vous penserez à compléter la feuille d'attribution avec mon nom ? Je vous remercie.

Il regroupa ensuite tout ce qu'il venait d'utiliser et lui tendit.

– Je ne peux pas laisser de déchets médicaux ici. Pourrez-vous… Oh, j'y pense, j'ai pu ce matin prélever ce vaccin dans l'envoi réservé à l'hôpital sans que personne ne s'en aperçoive. Ça n'aurait pas dû être possible. Vous vérifierez désormais le nombre de doses à chaque réception de colis. Vous n'aimeriez pas que nous soyons accusés de fournir nos produits au marché parallèle.

L'infirmière sortit en pensant qu'il était à lui tout seul un marché parallèle. Le directeur faisait allusion aux enchères qui, sur Internet, faisaient monter le prix des premiers vaccins à plusieurs milliers de dollars. Les spéculateurs se pressaient avant que la population puisse se fournir officiellement et gratuitement.

Jeanne quitta Montmartre pour rentrer chez elle dès le premier janvier. Sam et Déborah la saluèrent assez froidement. Ils trouvaient qu'elle était restée un peu trop proche du pouvoir pour que l'on puisse lui faire confiance. Fleur ne dit rien. Elle se demandait en silence ce qui faisait la différence entre elle et l'ex-ambassadrice, et pourquoi on ne lui avait jamais offert une chance à la hauteur de ses capacités. Bien qu'elle fût persuadée qu'une vie médiatique ne conduisait à rien, elle se serait bien vue essayer, quitte à être déçue, pour pouvoir ensuite présenter ce grand détachement que Jeanne incarnait si bien depuis qu'elle habitait avec eux.

Herbert, quant à lui, fut plus bavard. Ils devaient rester en contact. Il promettait à Jeanne un grand destin. En la flattant, c'était son image à lui qu'il projetait dans les grands hôtels, les réunions importantes et les prises de décision cruciales. Comme si le fait d'avoir habité la chambre voisine de celle de Jeanne pendant plusieurs années et, croyait-il, d'être un de ses amis les plus proches, lui assurait d'avoir accès à une part de son succès.

Jeanne sentait tous ces échafaudages bancals que l'on bâtissait autour d'elle et ne se reconnaissait nulle part. Elle avait cherché un exil en venant là et avait trouvé une oasis encombrée de Bédouins turbulents rêvant de mirages. Quand elle regagna son appartement, elle eut la bonne surprise d'entendre le bruit familier des pattes de pigeons sur sa verrière. Jeanne pensa d'abord que les oiseaux de la capitale allaient mieux, avant de constater que ceux qui la surplombaient étaient différents. Moins gris, plus beiges et au col bordeaux, des volatiles de la province commençaient à coloniser Paris, remplaçant l'espèce qui l'avait dominé pendant des siècles. Elle s'en étonna et accepta le changement comme elle aurait observé, surprise, que la Seine avait adopté du jour au lendemain la couleur du Danube.

Jeanne n'était pas la seule à avoir remarqué ces pigeons de la nouvelle génération. L'affiche du colloque en montrait un sur l'herbe, au premier plan, avec la tour Eiffel en fond. La réunion internationale sur la grippe, dont on parlait depuis des semaines, fut programmée finalement pour le 11 janvier. *Ils ont dû abattre un gros boulot au ministère*, pensa-t-elle avec une pointe de nostalgie. Jeanne ne savait pas où les dirigeants se retrouveraient. La révélation du lieu devait faire partie de la succession de rebondissements mis en scène pour terminer la crise française.

Le 10 janvier, Jeanne reçut un appel. Elle mit quelques instants à reconnaître Noé, qu'elle avait vu lors de sa visite au Champ-de-Mars, puis qu'elle avait oublié. Il avait un service à lui demander : pouvait-elle l'accompagner à la porte d'Orléans en souvenir des amoureux dont elle avait été la défenseuse ?

Ils y allèrent à pied. Sur le chemin, Noé lui expliqua qu'il avait été arrêté à la fin de la manifestation, puis maintenu en détention sans que l'on ne lui explique pourquoi pendant trois mois. Les conditions de vie dans le camp, sans être invivables, n'étaient pas justes. Il avait finalement été libéré la veille, sans que l'on ne lui explique pourquoi, à nouveau. Il savait seulement que des ouvriers, depuis la semaine précédente, faisaient des travaux dans les baraquements et que les prisonniers devaient tous partir. Incrédule, il posait à Jeanne des questions auxquelles elle ne pouvait pas répondre, puis se dit pour lui-même :

– Avant, j'imaginais en faire un livre. Mais finalement, ce n'est pas grave, tout ça. J'attends juste d'avoir des nouvelles de mon père.

Jeanne n'eut pas le temps de relever. Ils arrivaient vers la porte d'Orléans. Le garçon reprit :

– Et le mémorial que vous aviez promis dans un an ?

– Peut-être que dans neuf mois, il y sera, répondit Jeanne qui ne voulait pas, dès la libération du garçon, détruire tous ses repères.

Mais c'est elle qui perdit les siens en descendant l'avenue du Général-Leclerc. La place, au loin, était vide de camions. Des policiers mettaient en place des barrières le long de la chaussée en repoussant les piétons sans ménagement. Noé n'était pas rassuré. Il préféra ne pas aller plus loin. Il voulait rentrer chez lui. Il devait se reposer, maintenant.

Ce soir-là, Strato fit une allocution télévisée de trente minutes avant le journal de Rutila. Jeanne, comme la plupart des Français, écoutait. Le colloque s'ouvrirait, comme prévu, le lendemain. Des représentants de plus de vingt pays seraient présents. La France partagerait son expérience de l'épidémie et les détails de l'organisation qui lui avait permis de traverser la crise avec succès. La réunion se tiendrait au Champ-de-Mars, dès 14 heures. Il en serait lui-même l'animateur principal. En outre, la vaccination générale de la population commencerait symboliquement à l'instant même de l'ouverture du sommet, dans tous les hôpitaux, les structures intermédiaires et les centres de santé du pays. De plus, des unités ambulantes seraient placées sur les axes stratégiques pour accélérer le processus. Une simple pièce d'identité suffirait pour se faire vacciner, quand on le voudrait et où on le voudrait. Et même s'il n'y avait pas d'urgence extrême, il comprenait que tous les Français souhaitent être protégés rapidement. Selon ce plan exceptionnel, la majorité de la population devrait recevoir le vaccin en une dizaine de jours. Un rappel, le mois suivant, serait inoculé selon la même procédure.

Jeanne en conclut que l'on avait reçu et stocké sans bruit des millions de doses depuis des semaines avant de lancer cet événement médiatique. Elle remarqua aussi autre chose : Confiant était absent de ce feu d'artifice d'annonces. Strato, même s'il avait tout décidé, ne s'était plus exposé depuis le décès de l'agent immobilier. Voulait-il à présent ramener à lui seul le bénéfice de la *happy end* ? Il continuait.

– Ce n'est pas tout. Je vais enfin apporter un soulagement à toutes celles et tous ceux qui habitent Paris, et aux autres qui, en province, ont de la famille ou des amis dans la capitale. Chers compatriotes, la quarantaine parisienne, qui n'a que trop duré, sera levée dès demain, à 8 heures.

Jeanne ne put pas entendre la suite. Un grondement, plus qu'un bruit, monta du fond de la ville dans un mouvement sourd et lent pour se terminer par des applaudissements et des rires. L'ex-ambassadrice, absurdement seule dans une telle situation, sentait monter cette même émotion. Sans y réfléchir, elle se leva et ouvrit la fenêtre, constatant que la plupart de ses voisins faisaient la même chose. La clameur diminua doucement pour disparaître complètement. On entendait maintenant, de tous les appartements ouverts, la même voix, qui se répétait avec d'infimes décalages.

– Et le couvre-feu, qui n'a plus lieu d'être, est supprimé dès ce soir. Je partage la joie de tous, et je vous demande, à vous qui avez été exemplaires depuis trois mois et demi, d'être heureux et raisonnables. Merci à tous, et vive la France !

On hurla de plus belle. Certains descendaient déjà dans la rue, interpellant ceux qui étaient aux fenêtres, les exhortant à descendre. Quelques voitures démarrèrent, roulant au pas en klaxonnant et exhibant à leurs portières des jeunes qui criaient. On plaisantait et on riait. On sortait des bouteilles, on buvait. Les masques étaient encore sur les visages, mais on les remarquait déjà moins. Jeanne, de chez elle, regardait. Des patrouilles de la police et de l'armée stationnaient à chaque coin de rue, tenant discrètement la joie en laisse.

11

Le lendemain matin, Jeanne prit sa valise et se rendit à la gare du Nord. Les métros fonctionnaient. Ils étaient surchargés de Parisiens souriants. Elle décida de marcher. Des bus de la médecine du travail, du don du sang ou de dépistage du cancer stationnaient le long des boulevards Saint-Michel et Sébastopol. Sur chacun, on pouvait lire : « Vaccination dès 14 heures. Préparez votre pièce d'identité. » À 9 heures, malgré le froid, on faisait déjà la queue.

Le trafic des trains, à la gare, était celui d'un jour de départ en vacances, masques en supplément. Jeanne prit un billet pour Lille à une borne automatique. Les premières places disponibles étaient pour l'après-midi. Elle s'assit à la terrasse d'un café devant les quais. Son voisin la reconnut, la félicita pour son travail pendant l'épidémie et lui présenta ses condoléances. Il la laissa finir son thé puis lui adressa de nouveau la parole :

– Excusez-moi, mais je me demandais si, justement, vous n'alliez pas vous recueillir sur…

Elle acquiesça.

– Pourquoi ne prenez-vous pas le premier train ? Ne me dites pas que vous êtes obligée d'attendre une place… ? Attendez.

Il se dirigea vers une employée de la SNCF qui orientait les voyageurs et lui parla quelques secondes. Celle-ci appela au talkie-walkie puis vint vers Jeanne.

– Vous allez à Lille, Mademoiselle ? Veuillez me suivre.

Après les vingt jours d'anonymat qu'elle avait vécus, Jeanne s'étonnait qu'on la traite avec tant de prévenance. Elle en avait perdu l'habitude. Elle monta dans un wagon. Le contrôleur la salua, s'excusa qu'il n'y ait plus de place assise et lui proposa d'aller à la voiture-bar. L'employé qui préparait son comptoir lui apporta un verre de jus d'orange en refusant qu'elle paye. Une femme en tailleur s'approcha et, en s'excusant, lui dit qu'elle avait un siège en première classe qu'elle lui cédait volontiers. Le train démarra. On sut rapidement que l'ambassadrice de la lutte contre la grippe était à bord. Un cortège de personnes défila devant elle, d'abord pour lui poser des questions sur ce qu'elle avait fait pendant l'épidémie ou pour la remercier, puis simplement pour lui faire signer des autographes.

– Ce n'est pas pour moi mais pour mes enfants, se justifiait-on. Ils adoraient vous voir à la télévision.

Tout le monde parlait déjà au passé.

À l'arrivée, on accueillait les Parisiens libérés avec une bannière de bienvenue. Ici, peu de gens portaient des masques. Certains, en descendant du train, l'enlevèrent. Jeanne les imita.

Quand elle descendit du taxi, en arrivant au cimetière, elle oublia tout ce qu'elle avait traversé depuis l'automne et parcourut les allées jusqu'à trouver la tombe de sa mère. Elle jeta la couronne fanée, essuya la pierre salie par la pluie, s'assit et pleura, lentement, longuement, avec douceur. Puis elle commença à parler. Elle raconta ce qu'elle avait vu du virus à Paris, ce qu'elle avait fait, qui elle avait connu. Elle évoqua aussi Confiant, avouant des choses qu'elle n'avait jamais partagées avec sa mère. Les larmes revinrent. Elle rit toutefois en expliquant l'appartement d'Herbert. Elle termina en évoquant son voyage pour venir ici.

– Tu sais, maman, je crois que les gens m'aiment bien.

Elle se leva et fit un geste de la main. Ses jambes étaient engourdies. Elle sautilla plusieurs fois, sourit et partit enfin. Elle avait faim.

Jeanne était descendue dans un hôtel de la Grand-Place de Lille. Le lendemain matin, elle se fit vacciner en allant prendre son petit-déjeuner. Pendant qu'elle patientait, elle feuilleta le journal qui titrait sur le Premier ministre. Pendant le colloque, Strato avait présenté des excuses officielles pour la quarantaine. Des experts, qu'il citait, estimaient que « l'influence favorable d'une telle mesure sur la santé publique en période d'épidémie était négligeable ». Il expliquait qu'il avait été mal conseillé au début de la crise, même si tout s'était finalement bien terminé. Et, bien que la France eût brillamment passé cette épreuve, il ne fallait pas que la quarantaine soit un exemple pour les pays dans lesquels le virus faisait maintenant son apparition. Jeanne vit un autre quotidien qui parlait du « mystère Confiant ». En cherchant la page où l'on parlait de Jean-Baptiste, elle tomba par hasard sur un encart expliquant que Dhiers, à la suite de sa maladie, partait en convalescence dans sa résidence privée en Suisse, tout en continuant à suivre les affaires du pays et en conservant ses prérogatives présidentielles. Une infirmière appela Jeanne, qui posa le journal. Elle entra son identité sur un ordinateur, puis lui fit une injection.

– Vous devrez faire un rappel dans trente jours, où vous voudrez. Voilà, Mademoiselle.

Jeanne remercia et sortit. L'infirmière appela sa collègue.

– Tu l'as reconnue ?

– Bien sûr. Tu as vérifié sur l'ordinateur qu'elle n'avait pas déjà été vaccinée ?

– Oui. Malgré son poste, elle n'était toujours pas protégée.

– Pourtant, j'imagine qu'ils n'ont pas hésité à se servir avant nous, à Paris. Quand on voit ce qu'ils ont fait pour la quarantaine… Tu as lu l'article sur Confiant ?

– Oui. Et tu veux savoir ? Je m'en doutais. J'ai dit à mes fils, dès le début : « Vous verrez bien, tout ça, ça n'est pas clair. Un jour, on découvrira la vérité, et vous irez dire à tout le monde que maman avait raison. »

– Fermer une ville, tout de même. Tu te rends compte, toi, si on t'empêchait de sortir pendant trois mois. Je ne sors pas souvent de Lille, la dernière fois, c'était pendant les vacances d'été. Mais c'est une question de principe…

– C'est comme mon hamster. S'il ne quittait jamais sa cage, il finirait par devenir fou.

– Tu le laisses sortir ?

– Parfois, oui. Mais je le garde à la main, je ne veux pas prendre de risque. Mes voisins ont retrouvé le leur noyé dans les toilettes. Ils ne l'avaient pas vu depuis trois jours.

– C'est pour ça que mes canaris restent toujours enfermés.

– À cause des toilettes ?

– Non, mais les fenêtres, c'est aussi vite arrivé.

– Et puis un oiseau, ce n'est pas pareil. Ça n'a pas de reconnaissance.

– À propos, il paraît qu'il y aura bientôt un vaccin contre la grippe pour les volatiles. Aussitôt qu'il existe, je l'achète pour mes canaris.

Après avoir été vaccinée, Jeanne alla acheter le journal. On parlait de Confiant dans des termes péjoratifs. L'auteur tentait même un titre ambitieux : « La Grippe-A-Gate ». Tout était parti du discours du Premier ministre au colloque, s'excusant de la quarantaine que l'on aurait pu éviter. Des journalistes lui avaient demandé de s'expliquer. Poliment, il avait avoué qu'il y avait eu, dans son entourage, certains partisans de cette mesure extrême, et qu'il aurait sans doute mieux valu ne pas les écouter. On avait voulu savoir s'il parlait de Jean-Baptiste Confiant ou du président Dhiers, par exemple. Strato avait eu une réponse très ferme, reprise mot pour mot dans le journal :

– Le président Dhiers a toujours été sensible, raisonnable, ouvert et équitable pendant cette crise. Je ne tolérerai pas que l'on profite de la période difficile qu'il est en train de vivre pour sous-entendre quoi que ce soit de négatif à son égard.

Il n'en avait pas fallu plus pour que le délégué interministériel à la lutte contre la grippe apparaisse comme l'initiateur de la quarantaine et le mauvais conseiller que le Premier ministre avait eu tort d'écouter. Monsieur Confiant, que le journaliste avait essayé de contacter, était injoignable. L'article se terminait sur la constatation que le délégué, si présent pendant les mois précédents, n'était pas apparu dans les médias depuis la levée des restrictions parisiennes.

Jeanne essaya d'appeler Jean-Baptiste plusieurs fois dans la journée. Sa boîte vocale était saturée. Elle alla au cinéma, puis rentra à son hôtel et constata que la télévision de sa chambre, qu'elle n'avait jusqu'alors pas tenté d'allumer, ne fonctionnait pas. Il lui restait quelques minutes pour trouver un endroit où elle pourrait suivre le journal du soir.

Elle s'installa dans un pub pour dîner et buvait un martini quand Rutila commença à parler. Le son de la télévision était couvert par de la musique. Jeanne demanda à ce qu'on l'arrête. Le serveur la reconnut et alla voir son patron, qui vint dire à la jeune femme qu'il le faisait pour elle, exceptionnellement. Les clients, dans un premier temps, n'y firent pas attention et continuèrent leur discussion, mais le talent et la voix du présentateur finirent par les happer. Rapidement, tout le monde se mit à écouter les informations. Des médecins et des experts débattaient. On se félicitait de la maigre moisson de la grippe – 12 805 malades et 387 morts – en l'attribuant à la « faiblesse » actuelle du virus.

« À qui profite la grippe ? » s'interrogeait-on ensuite. À la France en général, sans aucun doute, qui clôturait aujourd'hui sa réunion avec la reconnaissance internationale de ses performances pendant la crise. L'hexagone avait été exemplaire sur tous points de vue, réussissant l'exploit de relancer une économie faiblarde au moment où l'on craignait qu'elle ne s'enfonce, avec la maladie, dans les profondeurs de la récession. Tout allait pour le mieux : les chiffres de la campagne de vaccination étaient fidèles aux prévisions, la Bourse nageait dans l'euphorie depuis deux jours, le moral des ménages n'avait jamais été aussi bon en plein hiver. Même la neige se prêtait à la fête en inondant généreusement les sommets pour les futures vacances d'hiver des Parisiens libérés.

La deuxième partie du journal s'ouvrait sur cette transition : quid de la quarantaine et de sa nécessité ? Les consultants qui se congratulaient quelques minutes auparavant de l'excellente résistance nationale au virus avouaient d'un commun accord que le confinement de la capitale n'avait probablement servi à rien en termes sanitaires : la grippe – c'était prévisible – avait passé les limites du périphérique, puis les frontières françaises. Pourquoi, alors, avoir pris une telle décision ?

Jeanne grignotait du guacamole sur des toasts sans quitter l'écran des yeux. Elle attendait que l'on prononce un nom qui ne venait pas. Dans le restaurant, l'ambiance était attentive. On commentait de deux mots les annonces successives, avant de s'absorber à nouveau dans la contemplation de la télévision. Un analyste répondait. Il expliquait que quelques entreprises avaient pleinement profité de la quarantaine : deux enseignes de la grande distribution avaient collaboré avec l'armée pour le ravitaillement de la ville, et un manufacturier avait fourni les équipements sanitaires, masques et produits dérivés, achetés par l'État et distribués aux habitants de la capitale. Pouvait-on supposer que l'on ait imaginé tout cela pour favoriser l'industrie française ? L'expert posait la question. « En achetant au passage la complicité d'un conseiller du gouvernement ? » renchérit Rutila. L'analyste ne répondit pas immédiatement. Il avoua finalement qu'il avait du mal à y croire.

Les dîneurs, en revanche, se jetèrent sur cette interprétation. Pourquoi pas, après tout ? On avait bien vu, dans le passé, des assassinats pour cause de commissions non versées déguisés par la suite en attentats idéologiques, et aussi des fausses factures, et des vrais-faux passeports… Devant une Guinness ou des *spare-ribs*, on en rajoutait à qui mieux mieux. Le patron prit Jeanne à partie. Elle avait été au milieu de tout cela, elle. Dans son rôle, elle n'avait certainement rien à y voir, mais elle avait pu se rendre compte. « Parce que nous, dit le type plein de bonne foi, d'où nous sommes, nous ne savons rien et ne comprenons pas grand-chose. » Jeanne prononça quelques mots insignifiants et sourit. Un client qui buvait une pinte au bar vint à son secours.

– Arrête d'embêter la petite. Tu crois qu'elle n'en a pas assez fait comme ça, à Paris ? Même si elle sait quelque chose, elle ne nous le dira pas. Ça pourrait se retourner contre elle.

Jeanne ne se justifia pas. Elle finit son verre, salua et partit.

Dès le lendemain, Confiant faisait les gros titres. Il ne faisait plus de doutes qu'il était à l'origine de la quarantaine. L'hypothèse de Rutila avait trouvé des adeptes. On se perdait en conjectures. Le Premier ministre faisait savoir par un porte-parole qu'il prenait ses distances avec son ancien conseiller. C'était un abandon en règle. On réclamait déjà que l'on rende publics les comptes personnels du délégué. Une instruction contre lui devait s'ouvrir prochainement. L'intéressé restait silencieux et introuvable.

Jeanne rentra le soir à Paris. L'euphorie de la libération était retombée. Il n'y avait presque plus de masques sur les visages. On sentait que l'ordinaire reprenait sa place. Dans le métro, on se bousculait à nouveau. Une époque était révolue. Ceux qui avaient bien vécu la quarantaine, qui en avaient même profité et faisaient partie des fêtards le soir de la réouverture de la ville, se réveillaient maintenant avec une gueule de bois. Il fallait revenir à la normale et mettre fin aux activités parallèles. Les autres, qui s'étaient accommodés à la crise comme ils l'avaient pu, travaillant plus que de coutume pour aider la France à passer l'épreuve, se rendaient compte maintenant qu'il ne leur restait plus rien de cette période, à part une peur diffuse de la maladie et des souvenirs qu'ils raconteraient, plus tard, aux jeunes qui n'auraient pas connu l'épidémie.

En arrivant chez elle, Jeanne prit son courrier. Au milieu de prospectus, elle trouva une lettre avec son adresse écrite à la main. Elle l'ouvrit en montant les escaliers. Elle était manuscrite. Un petit mot sur un bristol servait d'introduction.

> *Chère Jeanne,*
>
> *Vous avez commencé il y a quelque temps une collection avec une photographie ancienne que je vous ai offerte. Voici un deuxième cadeau, d'adieu cette fois.*
>
> *Gardez cet original. Je ne serais pas étonné qu'il suscite bientôt de l'intérêt. C'est un brouillon. Le texte définitif,*

au moment où vous lisez ces lignes, est parvenu aux journaux et aux agences de presse.

Avec tout mon respect,

Jean-Baptiste C.

Jeanne s'installa sur son lit et déplia deux feuillets couverts d'une encre bleue, avec quelques ratures.

On m'accuse, allons donc ! d'avoir confiné Paris. La belle affaire. Je ne nie pas avoir étudié cette possibilité, à l'époque où il fallait préparer un plan de pandémie grippale pour la France. L'idée n'avait pas été retenue, pour les raisons d'inefficacité sanitaire que l'on rabâche aujourd'hui.

La ville, pourtant, a été fermée, et l'on s'en étonne. Il ne faut pas aller en chercher les raisons bien loin, ni esquisser à gros traits un complot étatico-industriel. On se trompe d'époque. Les mallettes de billets, chez nous, ne se font plus, et les entreprises ont d'autres ressources pour prospérer que de corrompre un fonctionnaire en risquant leur existence sur un tel coup de poker.

Que l'on ne regarde pas plus loin que le bout de son quartier, et l'on trouvera des justifications amplement suffisantes à ce qui a été décidé. Rappelez-vous comme personne ne croyait à cette grippe réchauffée au début de l'automne, et les réactions violentes aux premières fermetures d'école, aux restrictions de transport. La ville grondait et n'attendait qu'une étincelle pour entrer en résistance. Elle cherchait un motif de lutte qu'elle était sur le point de trouver en s'opposant à nos premières mesurettes. Nous lui avons proposé autre chose. Un vrai et grand sujet d'engagement : combattre l'épidémie.

Faire croire à ce dont tout le monde doutait n'était pas simple. De notre côté, nous étions sincèrement incapables de prédire ce que serait ce virus, une affection banale ou le spectre ressuscité de la grande grippe de 1918 avec ses 30 millions de victimes. Il fallait composer avec l'incertitude. En déclarant la quarantaine, nous ne faisions pas grand-mal, et nous étions capables de marquer les esprits, tout en encadrant strictement les mouvements de doute pouvant conduire au désordre.

L'histoire nous a donné raison. La population s'est engagée à nos côtés, au-delà de nos espérances, participant à l'effort de crise comme elle aurait su le faire en pleine guerre. La criminalité et la délinquance ont baissé, l'économie a prospéré, nous avons expérimenté des dispositifs comme le télé-enseignement... Par une ironie du sort, il semble même que la vaccination systématique de toute la population va faire baisser cette année en France le nombre de décès dus à la grippe saisonnière. Quel bilan ! Je ne vois pas là de quoi se plaindre.

Quant à savoir qui a été le responsable de l'instauration de la quarantaine... Il est bien évident qu'une telle décision n'incombe pas à un seul homme, dans une République telle que la nôtre. Si l'on veut m'en faire porter le poids, je l'accepte. Et je me prends à rêver que, dans les manuels d'Histoire de France, on parlera, même en mauvais termes, qu'importe ! de la « quarantaine Confiant ».

Il est temps pour moi de vous quitter. Je ne laisserai pas les débats s'enfoncer dans des bourbiers inintéressants. Je disparais en emportant avec ma dépouille toute la discorde inutile autour de ce sujet. J'ai vécu, j'en suis fier, une période exceptionnelle, dans un pays et dans une ville que j'aimais. Je suis de ces gens qui préfèrent les ruptures en pleine idylle aux débandades sans fin. Je prendrai donc, ce soir, la Seine pour linceul, et je m'endormirai serein et satisfait au creux d'un Paris à nouveau sain et tranquille.

12

L'hiver s'était fait court, cette année. Le printemps n'était pas encore officiellement arrivé que les Parisiens rangeaient déjà leurs manteaux. Le soleil inondait la ville et on s'entassait aux terrasses des cafés en délaissant les salles.

Les semaines de la mode étaient en pleine préparation dans les capitales européennes. Les propositions que Jeanne recevait n'avaient rien à voir avec ce qu'elle connaissait. Elle avait acquis un certain statut. Elle pourrait être celle qui porterait la robe de mariée des plus beaux défilés, ou encore apparaître en *one shot*, seule sur le podium, en ouverture des *fashion events*. Des agents l'appelaient. Des marques la voulaient. Et Jeanne hésitait. Elle n'avait pour l'instant donné aucune réponse. Paradoxalement, malgré toutes les offres, elle était dans l'incertitude financière. Elle n'avait pas travaillé depuis plusieurs mois et n'avait plus d'économies. Mais même cette pression-là ne parvenait pas à la décider.

Elle buvait un thé, un matin, en regardant la photographie que Jean-Baptiste lui avait offerte. Était-il possible que la crise parisienne soit passée en ne laissant rien derrière elle ? Même le visage de Jean-Baptiste n'était plus clair dans sa mémoire. Elle n'avait pas voulu se rendre à son hommage funèbre. Son corps n'ayant pas été retrouvé, on s'était contenté de prononcer une messe en son honneur, à la Madeleine, dans le lieu même où avait été donnée la cérémonie pour les amoureux de la porte d'Orléans. Après l'accablement collectif puis la parution polémique de sa lettre dans les journaux, on en était venu à évoquer Confiant avec un demi-respect et des moitiés de regrets. Jeanne n'avait pas voulu participer à la tiédeur générale. La France avait soldé sa crise ainsi, et le virus ne faisait plus peur à personne. On allait jusqu'à dire que Paris avait eu de la chance d'attraper cette grippe avant qu'elle ne devienne véritablement dangereuse. Les pays du Nord surfaient sur la même vague, achevant leurs vaccinations massives avant de déplorer de trop lourdes pertes. À divers endroits en Europe, aux États-Unis, en Amérique du Sud, la grippe montrait des signes définitifs de résistance aux antiviraux employés massivement par ceux qui en avaient les moyens. La voiture puissante des pays riches était passée de justesse sous la barrière du passage à niveau. La mobylette des pauvres traînait derrière, en entendant siffler la locomotive qui ne s'arrêterait pas pour la laisser traverser.

Le téléphone sonna. Elle répondit. On lui proposait, en anglais, un rendez-vous au restaurant de l'hôtel Crillon, le soir même. Jeanne imaginait déjà une marque de voiture émergente ou un magnat du métal qui voulait s'offrir l'ex-ambassadrice pour sa nouvelle campagne de publicité. Elle demanda des détails.

– *It's for the Unicef*, miss Apollinaire.

La déléguée africaine passa près d'une heure à lui décrire une situation catastrophique. Les Occidentaux étaient en train de s'accaparer 90 % de la production des vaccins, alors que 95 % des décès dus à la maladie étaient attendus dans les pays émergents. Dans certains pays, on ne savait même pas, à l'heure actuelle, diagnostiquer la nouvelle grippe. Les enfants étaient plus vulnérables au virus que les adultes. On redoutait le pire. Tout n'était pas encore joué, mais il fallait réussir à catalyser les bonnes volontés dès maintenant. Dans trois mois, l'hiver commencerait dans l'hémisphère sud, signant probablement le début de la pandémie des pauvres.

– Je commence tout de suite, fit Jeanne sans attendre la fin de l'exposé.

La femme éclata de rire.

– Je ne vous ai encore rien demandé !

– Demandez, j'accepterai. Quand dois-je partir ?

Le lendemain, un dimanche, Jeanne avait fini de préparer son sac à 9 heures. Elle avait rendez-vous à midi à l'aéroport Charles-de-Gaulle. Elle partait pour une tournée en Afrique avec la déléguée. Des équipes de télévision française, allemande, anglaise et américaine les rejoindraient sur place. Elle descendit et marcha quelques minutes pour trouver un taxi, avant de se raviser et d'appeler Éric, dont elle n'avait pas eu de nouvelles depuis longtemps. Il était ravi qu'elle pense à lui. Il arriva rapidement au volant d'un 4x4 qui semblait tout droit revenir du Paris-Dakar. Jeanne monta en riant.

– Merci d'avoir accepté de venir, Éric. Je ne savais pas qu'on avait changé les voitures du gouvernement depuis mon départ.

– Vous aimez celle-ci ? Je viens de l'acheter. Je vais partir en voyage.

– Vous n'êtes plus à Matignon ?

– Non. Ma fille m'a donné une idée. Vous savez, depuis que leur mère est revenue, je vois peu mes enfants. Je lui avais demandé, selon elle, ce qui était mieux qu'être chauffeur pour le Premier ministre. Elle m'a répondu : « Conduire le président ! » J'ai eu beau lui expliquer qu'il était parti, elle n'a rien voulu entendre. « S'il est en Suisse, va travailler là-bas, m'a-t-elle dit, comme ça, on viendra te voir en vacances. »

– Je pense que les autoroutes helvétiques n'obligent pas à avoir ce genre de véhicule.

– Peut-être devrai-je aller un peu plus loin… Je pense rouler jusqu'en Chine, avant d'échanger la voiture contre un voilier. Je ferai venir les petits pour toutes les vacances scolaires.

– Ils ont de la chance, dit Jeanne, pensive.

Éric crut voir de la mélancolie dans les yeux de sa passagère. Il l'interrogea sur ce qu'elle faisait. Elle lui raconta son rendez-vous de la veille, et avoua qu'elle ne savait pas à quoi ressemblerait sa vie dans quelques jours.

Les rues étaient calmes. Les gens avaient recouvré l'habitude de la grasse matinée. Comme la voiture passait par la place de Clichy, Jeanne demanda qu'ils s'arrêtent au cimetière de Montmartre : elle voulait voir la tombe des amoureux de la porte d'Orléans. Éric préférait ne pas descendre. Elle s'engagea dans l'allée principale et tourna à gauche. Une stèle blanche avec le profil d'un couple apparut. Il y avait un jeune homme assis juste devant. Elle avança et reconnut Noé, le garçon qu'elle avait croisé au Champ-de-Mars, puis revu la veille de la réouverture de la ville. Elle hésita à le déranger. Il parlait à voix haute et racontait à Sébastien Nadard et à Eva son histoire de la quarantaine, et mentionnait ses parents. Il devait bientôt rejoindre son père en Australie. Jeanne se revit quelques mois auparavant, à Lille. Elle s'éloigna sans bruit. Elle était impatiente de découvrir l'Afrique.

Épilogue

Saison sèche

La marée descendait. Le lagon, dont le niveau avait monté le matin, se désemplissait lentement tout le long de la barrière de corail. Les vagues formaient un collier blanc autour de l'atoll et leur bruit continu, incessant depuis que l'île existait, cohabitait avec le chant à deux tons des oiseaux. Un couple de martins-chasseurs survolait la plage. À quelques centimètres du sable, ils passaient en criant simultanément : « Kikikikikou… » En fin d'après-midi, le vent se leva doucement, faisant fuir les insectes qu'ils cherchaient. Ils parcoururent la plage d'un bout à l'autre sans trouver de nourriture. Ils prirent ensemble de l'altitude, tournèrent plusieurs secondes chacun de leur côté, puis la femelle piqua vers le lagon. Le mâle la suivit et se posa sur une partie émergée de récif. Elle avait repéré un banc de poissons immobiles, luttant contre le courant. Elle fit un passage en rase-mottes, puis un autre, avant de se résoudre à plonger. Le mâle l'encourageait en criant. Elle en ressortit pour venir se poser à côté de lui et partager sa proie en s'ébrouant. Depuis plusieurs mois, ils étaient obligés de pêcher. Les mouches et les moustiques se faisaient plus rares qu'avant.

Le jour baissait. Un diffuseur d'insecticide était branché et masquait l'odeur de tiaré qui aurait dû se répandre à cette heure-là. Le bruit des grenouilles était couvert par celui d'une télévision. Un ronronnement de groupe électrogène berçait le coucher de soleil.

Dhiers se tenait debout, pieds nus sur le sable, le regard tourné vers le sud. Un point apparut à l'horizon. L'hélicoptère approchait. Le président resta ainsi, imperturbable dans le bruit et le vent, jusqu'à ce que l'appareil se pose à vingt mètres de lui. Confiant en descendit et sortit deux valises avant que l'hélicoptère ne reparte. Il essaya de les faire rouler sur la plage. Le vrombissement disparaissait déjà.

– Jean-Baptiste, vous avez mis longtemps pour arriver. Quand j'ai reçu votre appel hier, je n'y croyais plus.

– J'ai voyagé par bateau. Je croyais d'ailleurs arriver chez vous par la mer.

– Impossible. Nous sommes sur une île qui ne possède pas de passe.

– Vous devez vivre une retraite plaisante, dit l'ancien délégué en parcourant le paysage du regard.

– Oui. J'ai enfermé le reste du monde à l'extérieur. À part nous deux, il n'y a ici que des représentants d'espèces endémiques. Venez, nous allons visiter.

Les deux hommes firent le tour de la bande de sable. Après un long silence, Dhiers annonça à Confiant, qui n'avait pas pu suivre les informations, l'élection de Strato à la présidence de la République.

– Il n'a pas eu grande concurrence. Et il paraît que je lui envoie mes félicitations de Suisse. J'ai entendu cela hier.

Jean-Baptiste marchait d'un pas vif, puis s'arrêtait quelques instants pour attendre son interlocuteur. Il jetait par moments des coups d'œil à ses bagages restés en arrière. Il faisait presque nuit. Le président baissa la voix.

– Je ne m'imaginais pas ressentir ici la solitude à ce point. Je suis heureux que vous soyez venu. Avez-vous pu amener les livres dont je vous avais parlé ?

– Oui. Il n'a pas été facile de décider votre secrétaire à les sortir de l'Élysée. Il vous regrette. Il m'a même parlé des cygnes.

– Ah, vos cygnes noirs ! J'y pense encore régulièrement. C'est un des plus beaux cadeaux que j'aie reçu. Que diriez-vous d'en accueillir quelques-uns ici ?

– Je ne sais pas s'ils se feraient au climat, objecta Confiant. Ils sont d'un autre lieu et d'un autre temps.

– Vous avez raison. Au soleil, le noir se fane. N'y pensons plus.

Jean-Baptiste ralentit le pas. Il ôta ses chaussures remplies de sable et dit doucement :

– Quand vous m'avez appelé, le 31 décembre dernier, je sentais déjà que quelque chose se terminait.

– Rentrons, l'interrompit Dhiers, qui craignait de sombrer dans une mélancolie partagée. J'ai une surprise pour vous, ne nous mettons pas en retard.

Ils avaient parcouru toute la circonférence de l'île et se retrouvaient face à la maison. Ils entrèrent, se servirent un jus de fruits et s'assirent devant la télévision.

À l'écran, des enfants africains jouaient dans une mare. Une voix-off expliquait que c'était le seul point d'eau du village et qu'elle servait à la toilette et à la préparation des repas. On disposait d'à peine plus de quatre litres par jour et par personne. Jeanne apparut à l'écran.

– Ici, on craint que le virus n'atteigne les jeunes en priorité.

Elle portait un pantalon beige et une chemisette blanche à manches courtes, avec l'écusson bleu de l'Unicef. On passa en gros plan sur son visage.

– Elle a bronzé, commenta Jean-Baptiste.

– Elle devrait faire attention à sa peau. Et on dirait qu'elle a minci, vous ne trouvez pas ?

– J'en ai bien l'impression. Ce doit être éprouvant.

L'image disparut brusquement. Toutes les lumières s'éteignirent. Les grenouilles en profitèrent pour crier de plus belle. Le président soupira.

– Je suis un rêveur. J'ai omis de vérifier les réserves de carburant. Voici une lampe de poche, pouvez-vous aller voir le groupe électrogène, s'il vous plaît ? Il est derrière la maison, vous devriez y arriver sans problème. Je vais tâcher de trouver des bougies.

Privé de courant, le diffuseur d'insecticide s'arrêta. Des moustiques assemblés autour d'une flaque entre les cocotiers se mirent d'instinct en ordre d'attaque. Une femelle partit devant. Elle franchit la terrasse, passa par une fenêtre, traversa une chambre, un couloir et se retrouva sous un auvent. Face à elle, un homme aux jambes nues éclairait une machine. Elle fonça sur son objectif, entendit un battement d'ailes sur sa gauche, puis ce fut le vide. Le martin-chasseur l'avait gobée en plein vol.

– Kikikiki-kou…

L'ancien délégué eut un cri de surprise.

– Jean-Baptiste ?

– Oui ?

– Tout va bien ?

– Oui. Ce n'est qu'un oiseau. Vous aviez raison, Dhiers, j'ai bien peur que nous ne soyons à court de pétrole.

Ces deux hommes politiques chevronnés apporteraient certainement à ce nouveau problème intéressant une solution qui ne manquerait pas de nous surprendre…

Merci à Muriel et Lisa pour leur confiance
avant notre plongée dans le nouveau monde.

Merci à Édouard pour son soutien
et à Alix pour son beau travail de relecture bienveillante.

Dépôt légal : octobre 2021
Achevé d'imprimer en France par
la Nouvelle Imprimerie Laballery en octobre 2021.
N° d'impression : 110013
La Nouvelle Imprimerie Laballery
est titulaire du label Imprim'Vert.